オパール文庫

愛のいいなり
孤独な御曹司と淫靡な遊戯

佐々千尋

プランタン出版

CONTENTS

※本作品の内容はすべてフィクションです。

1　痴女とヤクザ

うーん……ここはどういうお店なんだろう……。

まだ夜と言うには早い時間。お世辞にも綺麗とは言えない、雑然とした狭い通りに面したお店の前で、私は軽く腕を組んで首をかしげた。

お店の入り口はなぜか建物の裏にあるようだけど、表側には客引き用の大きな立て看板が置いてある。そこにはやけに薄着の若い女性たちが印刷されていて、わざとらしい上目遣いでこちらを見つめていた。

女性たちの胸元にくっきりと谷間ができている。ちょっと不自然なほどに大きな膨らみが、今にも服から飛び出してしまいそう。みんな口元を手で隠しているのは、何かの演出なのかな？

看板の真ん中にある「愛(あい)エステ　ヴィーナス」というのが、このお店の名前らしい。

……愛エステって、何？

普通のエステサロンはなんとなく内容の想像がつくけど、愛エステについてはさっぱりわからない。ただ、ほとんど裸の女の子が看板に載っているところから見て、風俗店なのは間違いなかった。

雇ってもらうには、容姿の条件が厳しそうだなぁ。

とりあえず自分の胸を両手で掴んで大きさを確認する。ボリュームはそこそこあるから、ここはまあ大丈夫だと思う。

問題は私の身長が少し高めなことと、髪が短くて男の子っぽいこと。

まさか自分が夜のお店で働くようになるとは想像もしていなかったから、今まで女として着飾る気があまりなかった。それに、おしゃれは凄くお金がかかるし……。

エッチな看板の前に立ちつくし、はあっと溜息を吐く。

とにかく、どんな仕事でもいいから、働く先を見つけなきゃいけない。私は一度大きくうなずいて、お店の入り口へ向かって踏み出した。

「おい。そこのお前、さっきから何をやっているんだ？」

「えっ⁉」

急に後ろから聞こえてきた男性の声に驚き、飛び上がる。慌てて振り返ると、三十過ぎくらいの男の人が、近くの電柱に寄りかかって煙草を吸っていた。

かなり背が高いようで、すらりとしている。身に着けているのは、飾り気のない白のスタンドカラーシャツに、黒いジャケットとスラックス。シンプルな格好だけど、それがかえって粋に見えた。

服装に合わせたような黒い前髪の間から、鋭い眼光が向けられている。

な、何この人……怖いんだけど……！

男性の冷たいまなざしに寒気を覚え、肌が粟立つ。しかしどうしてか目をそらすことができずに、私は彼を見つめ返した。

「お前はしゃべれないのか？　それとも言葉がわからないのか？」

続けて問いかけられ、ブルブルと首を横に振る。

「い、いえ、大丈夫、です。ただちょっと、びっくりして」

私の返事を聞いた男性はつまらなそうにフンと鼻であしらい、風俗店へと顎(あご)をしゃくった。

「お前みたいなのが、あの店になんの用だ？」

「えっ、なんでそんなこと……って、あ、もしかして、お店の方ですか？」

突然、見るからに普通じゃなさそうな怖い人に声をかけられて動揺していたけど、男性はあのお店の関係者なのかもしれない。客引きか、店長か……若いオーナーの可能性もある。

私が身を乗り出して聞き返すと、男性は溜息と一緒に煙草の煙を吐き出した。

「店の者じゃない。が、まあ、オーナーとは知った仲だな」

「本当ですか!?　私、あそこで働きたいんです！」

つい意気込みすぎて、声が大きくなる。男性は私の宣言を聞いて一瞬、驚いたように目を瞠(みは)ったものの、すぐに不審げな視線を向けてきた。

「あの店がどういうところか理解した上で言っているのか？」

「……あー、はい。だいたいは」

私はごまかし笑いをしながらうなずく。

実はあまりよくわかっていないけど、何かいやらしいことをさせられるのは間違いないだろう。

男性はあからさまに呆れた表情を浮かべたあと、短くなった煙草をポケットから出した携帯灰皿に落とした。

「やめておけ。あそこは子供の遊び場じゃない」

「なっ！　わかってますよっ。それに私、もう二十四だし。子供じゃないです」

完全に子供扱いされたのが悔しくて、とっさに言い返す。

男性は「年齢の問題じゃあないんだが」と呟(つぶや)きながら携帯灰皿をしまい、代わりに新しい煙草とオイルライターを取り出した。

初めて間近で見たオイルライターに目を引かれる。男性が少し首を傾けて煙草に火を灯した。

伏せた目と、まっすぐな鼻梁、薄い唇。こめかみから顎にかけてのシャープなライン。男性らしい硬そうな首筋と、せり出した喉仏。……その全部がセクシーで、思わずこくりと唾を呑み込んだ。

得体が知れなくて怖いのに、色っぽくてドキドキしてしまう。

勝手に高鳴る胸を押さえ、深呼吸をする。しばらくそうしていると、男性がまたどうでもよさそうに声をかけてきた。

「それにしても、なぜ風俗嬢になりたいんだ？　借金でもあるのか？」

「う……いえ、借金はないです、けど」

「けど？」

「えと、その、日々の食事にも困る有様で……」

どうして見ず知らずの人から、個人的な事情を根掘り葉掘り聞かれているのか不思議に思いつつ、ぽつりぽつりと答えていく。

自分の不運と貧乏っぷりなんて誰にも明かしたくないのに、男性の有無を言わせない雰囲気に私はすっかり呑まれてしまっていた。

そもそも、生まれた家が裕福な方じゃなかった。

どういう事情があったのかは知らないけど、シングルマザーだった母は私が物心つく前に亡くなり、その後、おばあちゃんに引き取られ育てられた。

母は父親である人のことをおばあちゃんにも話さなかったらしく、今でも誰なのかはわかっていない。そんな状態だったから、おばあちゃんの年金と内職で得たお金に、私のアルバイト代を足して、慎ましすぎる生活をしてきたのだ。

なんとか高校を卒業し、私が就職すると、おばあちゃんは安心して気が抜けたのか、少しずつ弱っていった。

私が勤めていた会社が家から少し離れていたこともあり、新人研修や残業が多かったこともありで、不在がちになったのがよくなかったのだろう。気づいた時には認知症がだいぶ進んでしまっていた。

だんだんと物忘れがひどくなって会話が繋(つな)がらなくなり、やがて身の回りのことが一人ではできなくなった。今では私のことも忘れている。

それでも私にとっては大切なおばあちゃんだ。

介護と仕事の両立ができないから、専門の施設に預けて世話をお願いしているけど、見捨てるなんてありえない。私は文字通り、馬車馬のごとく働いて介護費用を稼いでいた。

……ところが、つい先日、急に失業してしまった……勤めていた会社が倒産したという理由で。しかも、それまで住んでいた社員寮が差し押さえになり、追い出された。

住所不定無職になった私は、一分でも一秒でも早く就職しなければいけない。

ホームレス同然の女でも雇ってくれて、できれば社員寮完備の、それなりにお給料がもらえる仕事に……。


私の生い立ちと現状を聞いた男性は、物凄くつまらなそうに「そうか」と言いながら、三本目の煙草に火をつけた。

彼にすれば他人事だから、知ったところで興味が湧かないのだろう。別に私も同情を引きたいわけじゃないから、いいんだけど。

「まあ、そういう理由で、このお店で働きたいんです。オーナーさんとお知り合いなら、紹介してもらえませんか？」

男性は私の頭から爪先までをサッと一瞥し、あからさまに呆れ顔をした。

「は？　冗談はよせ。お前みたいな色気ゼロの女を紹介したら、迷惑がられるに決まっている」

「んなっ、失礼な！　じゃあなんで私に声をかけたんですかっ」

はっきり「色気ゼロ」だと言われ、さすがにカチンとくる。自分がそれほど魅力的でないとわかっているからこそ、指摘されたくなかった。

噛みつく私から視線を外した男性は、左手の中指と薬指の間に煙草を挟んだまま、親指で器用に自分の顎を撫でた。

「見るからに男受けしなさそうな干物っぽい女が、風俗の看板をガン見しながら胸を揉みだしたから、新手の痴女かと思ってな。いくらそういう店が多い場所だとはいえ、変質者は困る。この辺りの管理をしているウチの信用に関わるだろう」

彼の言葉で、さっき自分がしていたことを思い出し、かあっと頬が熱くなる。

「も、揉んでませんっ!! あれは大きさを確認しただけで……」

反射的に違うと叫んだけど、男性は私の説明をまったく聞かずに言葉を被せてきた。

「だいたい、なぜすぐに風俗を選ぶんだ。いくらなんでも短絡的すぎる。仕事をなくして金がないのはわかったが、会社の倒産が理由なら失業保険があるだろう。住む場所だって、行政に相談すれば何か手があるんじゃないのか?」

男性の意見はもっともだ。私だって仕事を失った直後に同じことを考えたし、失業保険の受給申請もした。……しかし、失業保険というものは私が今までもらっていた月収の七割ぶんくらいしか補填してくれない。私一人が生活していくことはできても、おばあちゃんの介護費用が払えなくなってしまう。

家についても、市役所に問い合わせてみたけど、市営住宅は満室で難しいと言われた。

「そういうのは全部ダメで……」

私は細かい説明を省き、苦笑いをして首を横に振る。

男性もそれ以上は追及せずに「ふうん」と相槌を打った。

「だが、おそらくこの店は無理だぞ。キャストのグレードを重視しているからな。たとえ胸があっても、色気と無縁のお前じゃ断られるだろう」

「ぐっ……いい、です。それなら別のお店を探しますから。教えてくれて、ありがとうございました」

私は、いちいち失礼な彼の物言いに頬を引きつらせながら、感謝の言葉を口にする。

本当はお礼じゃなくて文句を言いたいくらいだけど、お店に入って断られるまでの時間が短縮できたのは、助かったと思わなくもない。

軽くおじぎをしたあと、足元に置いていた旅行用のバッグを持ち上げて踵を返す。近くの風俗店に片っ端から当たってみようと思い、一歩踏み出したところで、男性に呼び止められた。

「……なあ。家族というのは、そんなに大事なものなのか？」

「え？」

唐突な質問に驚き、振り返る。男性を見れば、難しい顔をして首をかしげていた。

「お前がどれだけ尽くしても、婆さんはもう何も覚えていないし、わからないんだろう？　なぜそこまでするんだ？」

「なぜって、私はおばあちゃんが大好きだし……家族を助けるのは当たり前だと思うんですけど」

「自分の身体と引き換えにしても、か？　風俗なんて碌なもんじゃない。そこらの男に裸を晒して、触られまくるんだぞ。逆に奉仕だって求められる。違法にならないよう本番こそないが、中に突っ込まなければなんでもアリだしな」

男性の生々しい表現に、キュッと身体がすくみ上がり、自然に目線が下がってしまう。

正直な気持ちを言ってしまえば、怖い。今までずっと生活するだけで精一杯だったから、誰かと付き合うことも、エッチな行為も、まったく経験がなかった。

初対面の人とそういうことをしなきゃいけないと考えただけでゾッとする……けど……。

私は思いきり歯を噛み締めて、身体の震えを抑え込んだ。

今ここで私が躊躇したら、介護施設にお金が払えなくなる。おばあちゃんは施設を出され、私と二人で路頭に迷うことになるだろう。もし、運よく住む場所が見つかっても、おばあちゃんの介護をしながら就職するのは難しい。すぐに生活費が底をついて、ただ死ぬのを待つだけになるのはわかりきっていた。

ゆっくりと息を吸い込んで、静かに吐き出す。一度目を閉じてから顔を上げ、まっすぐに男性を見つめた。

「構いません。おばあちゃんが穏やかに過ごせるのなら、なんでもします」

「お前は真性のバカか。理解できん」

男性はなぜかイライラした様子で、そう吐き捨てる。

元々、よくない目つきがますます鋭くなって凄く怖い。けど、剝き出しの感情がどこか子供っぽいようにも見えて、つい噴き出してしまった。

「ふふっ、そうかも。でもきっと私、どんなことになっても後悔しないと思います。本当におばあちゃんのことが大切だから」

母を失い、独りぼっちになってしまった私を、おばあちゃんは引き取ってくれた。

唯一の肉親だから仕方なかったのかもしれないけど、少ない年金で暮らしていたおばあちゃんにとって、孫の面倒をみるのはとんでもなく大変だったはずだ。

……だから、今度は私がおばあちゃんを助ける番。

身体だろうと、心だろうと、私にあるもの全てを使って、おばあちゃんの生活を守ってみせる。

決意を新たにした私は、自分のためにそっと微笑む。

男性は私の顔を見て僅かに目を瞠ったあと、眉間に深い皺を刻んでチッと舌打ちした。

「わかった。ついてこい」

「はい？」

「とりあえず、仕事が見つかるまでの住む場所は紹介してやる」

男性からの思いがけない提案に、目をパチパチとまたたかせる。

「ほ、ほ、本当に⁉　あ、でも私、お金全然持ってないんですけど……敷金とか礼金とか、あと紹介料も払えないし」

まるで夢のような話に、声が震えてしまう。

オロオロする私を見た男性は、うんざりした様子で溜息を吐き、吸い殻をまた携帯灰皿に捨てた。

「お前、いちいちうるさいな。見るからに貧乏でみすぼらしい女の金をむしり取るほどクズじゃないから安心しろ。とにかく黙ってこい」

まったく安心できない上、物凄く失礼な言葉を私にぶつけ、男性はスタスタと歩きだす。

「え、ちょ、待って……！」

早速置いていかれそうになった私は、慌てて彼を追いかけた。


男性は私を連れて、風俗店が入っている雑居ビルの上階へと向かった。

一体どこに行くんだろう？

飾り気なんてまるでないコンクリート剝き出しのビルは、灯りがついていても薄暗くて、不安な私の心をますます落ち着かなくさせる。

私は震える足を必死で動かして、男性の後ろをついていった。

エレベーターのパネルを見たところ、ビルは地下二階から地上六階まであるらしい。地下一階にはバーがあり、地上一階と二階には風俗店、三階から五階まではレンタルオフィスになっているようだ。他の階はよくわからない。

最上階の六階でエレベーターを降りると、狭いホールがあって、正面に一つだけドアがついていた。

男性は、そわそわと辺りを見回す私に構わず、ジャケットの内ポケットから出した鍵でドアのロックを外す。

「入れ」

端的にそう命令した彼は、ドアを大きく開け、中に向かって顎をしゃくった。

がらんとした室内をそっと覗いてみれば、昼なのに暗くて物音一つしない。派手な内装や看板がないから、お店ではなさそうだけど、何をするところなんだろう。

ドアの前で立ち止まり、ぼんやりと中を眺め続ける。と、横から「早く行け」と急かされた。

見知らぬ場所に立ち入るのは緊張するし、ちょっと怖い。だけど、男性に逆らうわけにもいかず、私は恐る恐る中へ進んでいった。

室内に入った途端、強い煙草の香りが鼻をかすめる。改めて見ても、ひどく殺風景な部屋だった。

壁は外と同じくコンクリート剝き出しで、南側に換気用らしき小さな窓が二つあるだけ。その窓際に大きめのベッドとサイドテーブルが置いてあった。サイドテーブルの上には、吸い殻が溜まった灰皿に、洋酒の空瓶とグラスがそのまま放置されている。部屋が煙草臭いのは、あの吸い殻のせいらしい。

北側の壁には、あとから無理やりつけたとしか思えない小さなキッチン。その脇に曇りガラスで仕切られたスペースがあるけど、あれはおそらくユニットバスだろう。

西側の奥に小さなクローゼットがあり、すぐ隣には出入り口とは別の鉄製のドアが設置されていた。ビルの非常口なのかもしれない。

誰かが住んでいるっぽいけど、家と言うにはちぐはぐな雰囲気だ。倉庫を強引に改造したような……。

不思議に思って振り返ると、私の後ろにいた男性が、ルームランプを点けながら首を捻(ひね)った。

「なんだ。俺の部屋じゃ不満か？」

「えっ！　ここ、あなたの家なんですか⁉」

「家というか、まあ、仕事用の仮住まいだがな」

男性の説明に目を見開く。住む場所を紹介するとは言われたけど、まさかそれが彼の部屋だとは思わなかった。

「あ、あの、えと……ここに住まわせてくれるのは凄く嬉しいんですけど、私がいる間、あなたはどうするんですか？」

　今ざっと見ただけでも、ここが単身者用なのはわかる。

　私に問いかけられた男性は、ますますわけがわからないというふうに顔をしかめた。

「どうするって、仕事が終わるまではこのままここにいる」

「……だけど、ベッド一つしかないですよ？　あ、でも、私が床で寝ればいいのか」

　私は部屋の床に目を向けて、うなずく。床も壁と同じコンクリートでできているから、布団を敷いても凄く硬そうだけど、室内で横になって眠れるだけでもありがたい。コンビニの飲食コーナーでうとうとしながら夜明かしするより、遥かにマシだった。

　ひさしぶりにちゃんと眠れそうで、つい笑みがこぼれる。喜ぶ私を見た男性が、呆れたように溜息を吐いた。

「お前なあ、床で寝るなんておかしいだろう。俺と一緒にベッドで眠るという発想はないのか？」

「はい!?　……い、一緒って、そんなのはダメですよ！　タダで住まわせてもらうのに、図々しすぎるし」

　ブルブルと首を左右に振って、遠慮する。

　男性はあからさまに憐みの籠もったまなざしをよこしたあと、素早く近づいてきて私の腕を掴んだ。

大きくて力強い手の感触に、ドクンと心臓が跳ねる。急にどうしたんだろう？

茫然とする私の肩からバッグが滑り落ちるのと同時に、身体をベッドの方へ乱暴に突き飛ばされた。

「わっ!!」

バランスを崩した私は、衝撃に備えてとっさに目を瞑り、身を硬くする。そのまま背中から倒れ込んだ。

ベッドのスプリングが軋んでいやな音を立てる。痛くはなかったけど、激しく身体が揺さぶられたせいで、頭がクラクラした。

眩暈を止めるために何度かまばたきをして、上半身を起こそうとする。けど、それより早く圧しかかってきた男性に両方の手首を掴まれ、シーツに押さえつけられた。

「やっ、何……？」

慌てて手を引いたものの、男性の力が強すぎてぴくりとも動かない。驚いて見上げると、彼は薄く微笑んでいた。

「おい、誰がここにタダで住まわせてやると言ったんだ？」

「え……だ、だって、さっき、お金は取らないって……」

自由を奪われた私は、カタカタ震えながら弱々しく反論する。

男性はギラギラしたまなざしを私に向け、ペロリと自分の唇を舐めた。

「ああ、そうだ。金は取らない。その代わりに身体で払ってもらう。いくらバカなお前でも、男に押し倒されていることの意味くらいわかるよな？」

「ええっ、嘘！　私のこと、色気ゼロだって言ってたのに⁉」

びっくりしすぎて、反射的に声を張り上げる。あんなにきっぱり「みすぼらしい」と言われたから、彼が私をそういう目で見ることはないと思い込んでいた。

男性はサッと目をすがめ、私の顔から胸元へと視線をずらしていく。最後に胸の膨らみを見つめて「うーん」と低く唸った。

「まあ、色気はないが、使えないこともない。それなりに大きいようだから、挟んでやればそこそこ楽しめるだろう」

彼の言葉の意味がわからない。私の胸に何を挟むというのか……それとも、胸を何かで挟むの？　それはなんだか痛そうだ。

おばあちゃんのためならなんでもするつもりだけど、やっぱり痛いのは怖い。

ビクビクしながら男性を見つめると、彼はぐっと笑みを深くした。

「ふん、そんな顔で同情を引こうとしたって無駄だぞ。俺は女の泣き顔に興奮する性質だからな。萎えるどころか、逆に煽られるだけだ」

「ひぃっ」

なんかこの人、怖いこと言い出したー!!

内心で叫び声を上げ、大きく首を横に振る。同情を引こうとしたわけじゃないし、痛いのもいやだと言いたいのに、震える唇からは「あ」とか「う」とか意味のない音しか出せなかった。

恐怖で目に涙が浮いて、ポロリとこぼれ落ちる。

男性は楽しそうにククッと笑って、私の手首を放し、左手で頬に触れてきた。

「泣き顔が好きだと言った途端に泣いてみせるなんて、随分とサービスがいいな。それとも、お前マゾか？　わざと煽っているならたいしたものだ」

「ち、ちがっ……痛いのは、いや……やめて」

みっともなくブルブル震えながら、わざとじゃないと訴える。必死の思いで男性を見つめると、彼は何かに思い至ったように軽く片眉を上げて「ああ」と呟いた。

「俺は女を叩いたり傷つけたりする趣味はない。安心しろ。痛みじゃなく、恐怖や羞恥で泣いているのがそそるんだ」

痛いことはしないと言われて、一瞬ほっとする。けど、結局は安心できないということに気づいてギュッと目を瞑った。

「それも、やだぁっ」

目を閉じたせいで、更に涙が溢れ出る。

暗闇の向こうで、男性が小さく舌打ちするのが聞こえた。

「まったく、ガタガタうるさい女だな。お前、風俗嬢になるつもりだったんだろう？　この程度で泣き言を言うんじゃない」

「うっ……」

そこを指摘されたら、もう何も言えない。そろりそろりと目を開けて男性を見ると、彼は上半身を起こして、ニイッと口の端を上げた。

「さて、どうする？　今ここで家賃代わりに俺と寝るか、泣きながら逃げるか。お前が自分で決めろ」

男性の提案に、ますます身がこわばる。彼の言う「寝る」が、ただ眠ることじゃないのはわかりきっていた。

自分が置かれた状況と、おばあちゃんの笑顔が頭の中でぐるぐる回る……。

どう考えても普通じゃない悪そうな男の人と、エッチなことをするなんて怖い。けど、私がほんの少し我慢するだけで、おばあちゃんを助けられるのなら――。

私はぐっと袖で涙を拭(ぬぐ)って、男性を見上げた。

「……ここに住まわせてください」

「ふ、いいだろう。とりあえず一回ヤッたら二週間は置いてやる。更新するはめにならないよう、せいぜい就活をがんばるんだな。わかったら、服を脱げ」

「えっ、こ、このまま？　お風呂、とかは……」

いきなり飛び出した恥ずかしい指示に目を剝く。

慌てる私を見た男性は、眉根を寄せて首をかしげた。

「そんなもの、終わってから入ればいい。もう三日も風呂に入っていないというなら考えるが……」

「そんなわけないでしょう！　ちゃんと昨夜も銭湯に行ったしっ」

男性の失礼な言葉に、思わず言い返す。彼は「そうか」と呟き、スッと目を細めた。

あ……。

細められた男性の目の奥から、酷薄なまなざしが向けられている。それはひどく冷ややかなのに、どこか熱っぽくも見えて、私の身体にぞくりと寒気が走った。

「脱げよ。全部な」

彼の低い声が、私の中に滲みていく。恐怖と同時に、よくわからない胸の高鳴りを感じて、私の口から湿った吐息がこぼれた。

緊張で震える指をボタンにかけ、一つずつ外していく。だんだん露わになっていく肌に、男性の視線が突き刺さる。見られていることを恥ずかしいと思えば思うほど、心臓がドキドキして、呼吸が荒くなった。

のろのろとした動作でシャツを脱ぎ、続けてウエストに手をかける。膝を立てるようにして、スカートを抜き取った。

下着だけの姿になった私は、反射的にギュッと身を縮める。次に進む覚悟ができないまま、じっとしていると、ふいに近づいてきた男性が私の肩を舐め上げた。

「ひあっ」

彼の濡れた舌で素肌を撫でられ、震え上がる。気持ち悪いはずなのに、なぜかドキドキが加速していく。

男性はプルプル震える私を見下ろし、低い笑い声を立てた。

「初心なのも悪くないが、早くしないと無理やり剝ぎ取るぞ。それとも、着たままヤりたいのか？」

「い、いやっ！」

こんな脅しに屈するのは癪に障るけど、彼の言うことを聞くと決めたのは自分だ。

私は一度歯を食い縛り、覚悟を決めて、ブラのホックを外した。

締めつけられていた膨らみが、ふっと自由になる。なかばやけっぱちにブラを取り去り、一気にショーツを脱ぎ捨てた。

本当は手で胸と秘部を隠したい。でも、これ以上、男性の機嫌を損ねるのは困る。私は身体の横に置いた手をきつく握って、彼をまっすぐに見据えた。

「これで、本当にここに置いてくれるんですよね？」

「ああ、安心しろ。約束は守る。……ところで、お前の名前は？　呼ぶのに不便だから教えろ」

「えっ」

唐突に名前を聞かれ、目をまたたかせる。怒濤の展開すぎて、名乗ることもしていなかったと今更気づいた。

「琴子、です。栗村琴子」

「ふうん、琴子か。俺はゴウ……いや、ナオと呼べ」

途中でわざわざ言い直したところからすると、ナオというのは男性の偽名なのだろう。だけど、そんなのはどうでもいい。ただ、彼と違って、馬鹿正直に自分の本名を告げてしまったことを、少しだけ後悔した。

お互いの名前を教え合ったあと、ナオさんは私の身体を眺め「綺麗だな」と呟いた。

一瞬、からかっているのかと身構えたけど、見上げた先の彼は笑みを引っ込めて、真剣な顔をしていた。

自分が上等な女じゃないと自覚していても、綺麗だと褒められるのはやっぱり嬉しい。状況も考えずに、かあっと頬が火照る。

「あ、ありがとう、ございます……」

気恥ずかしさから、目をそらしてぼそぼそとお礼を言うと、ナオさんは面白そうにクスッと笑った。

「裸になった途端、随分と可愛くなったな。まあ、そういうギャップも嫌いじゃない」

可愛いって……私が……？

ますます恥ずかしくなることを言われ、身体の熱が上がる。

少し汗ばんだ胸の膨らみを、ナオさんの手のひらが包み込んだ。

「ひゃあ……っ」

初めて他人に触られた驚きで、とっさに声を上げてしまう。心臓が痛いくらいドキドキして、膨らみの先端がキュッと窄まった。

ナオさんは見た目の怖さからは想像できないくらい、優しくそこに触れて、やわやわと揉み始める。痛くはない。けど、男性の硬くて大きな手で揺らされるせいか、ゾクゾクした痺れが湧き上がった。

さっき肩を舐められた時にも感じた、気持ち悪くて気持ちいい、おかしな感覚。胸を揉まれるたびに少しずつその感覚が強くなり、全身がジンジンしてきた。

心臓は信じられない速さで拍動し、呼吸が乱れる。息を吐く合間に、なぜか鼻にかかったような甘ったるい声が漏れた。

「んっ、はぁっ……あ、何、今の……？」

慌てて両手で口を押さえる。自分の反応が信じられずに視線をさまよわせていると、ナオさんが呆れたように笑った。

「何って、気持ちいいんだろう。感じてくると自然に声が出るんだ。お前、本当に何も知らないんだな」

彼はおかしそうに肩を揺らしながら、私の乳首に指先を当てて擦りだす。途端に甘くて強い感覚が、身体全体に広がった。

急に刺激が増したことに驚き、口元を押さえていた手が緩む。

「んあっ！　だめぇ……そこ、ビリビリする……!!」

「だめになりそうなくらい気持ちいいだろう？」

そんなことを聞かれても、感覚が強すぎてわけがわからない。ブルブルと首を横に振って、手で胸を隠そうとしたけど、ナオさんにあっさりと払われた。

「今更、抵抗するな。縛るぞ」

「ひぅっ」

背中が寒くなるような笑みで脅され、ギュッと身体がこわばる。私は緊張と快感と恐怖ですっかり混乱してしまい、ぽろぽろと涙をこぼした。

ナオさんは満足そうに目を細めたあと、空いている方の手で私の涙を拭い、その手を見せつけるようにして舐め上げる。先に「女の泣き顔に興奮する」と言っていた通り、私の涙は彼を喜ばせるだけらしい。

　間近でサディストっぽい仕草を見せつけられ、何もできずに小さく震える。

　ナオさんは怯える私にはお構いなしで、弄っているのとは反対の乳房に顔を寄せた。

　抗う間もなく、彼は大きく口を開けて膨らみの先端に食らいつき、じゅうっと音を立てて吸い上げる。一瞬の冷たさと同時に、目の眩むような強い快感が走った。

「あぁ……っ！」

　口から甲高い声が飛び出す。恥ずかしくていやなのに、身体が疼いて抑えきれない。

　ナオさんは子供が飴を舐める時みたいに、ちゅぱちゅぱと音を立てて私の乳首を舐め転がし、もう一方は指先で捏ね回した。

　両方の胸から甘苦しい感覚が響く。どうしてかはわからないけど、弄られていないはずの秘部が熱を持ち、ヒリヒリしだした。

　ただ胸の尖りを刺激するだけじゃなく、柔らかい部分を舐められたり、甘噛みされたり、手で持ち上げるようにして揺らされたり……強弱をつけた愛撫に翻弄された私は、身体を痙攣させながら声を上げ続ける。

　どれくらいそうして苛まれていたのか、気づいた時には全身汗だくで、胸が腫れぼったくなっていた。

「はあ、はあ……も、いやぁ……」

力なくゆるゆると頭を振り「もうやめてほしい」と伝える。と、ナオさんは濡れた口元をシャツの袖で拭って、私の下腹部へ目を向けた。

「そんなことを言いながら、下はびしょ濡れになっているがな」

「え……?」

何を言われているのかわからずに、ぼんやりとナオさんを見上げる。

彼は皮肉っぽい笑みを浮かべたあと、私の胸に当てていた手を足の付け根へと滑らせた。

「ひぁん!」

急に敏感な部分を撫でられ、思わずおかしな声を上げてしまう。

ナオさんは私の奇声を無視して、秘部に触れた手を見せつけるようにかざした。

ルームランプが放つ淡いオレンジの光が、彼の手に当たってキラキラと輝いている。私の秘部をほんの少し撫でただけなのに、その手はじっとりと濡れていた。

「お前がよがりまくって出したものだ。女が感じている時に、股が濡れるというのは知っているだろう?　男を受け入れるために女の中からこれが染み出てくる。まあ、要は潤滑剤だ。……しかし胸だけでこんなふうになるとは、お前、随分と敏感らしいな」

嘘……!?

信じられない事実を突きつけられ、茫然とする。

ナオさんは当然のことみたいに話しているけど、エッチの時に秘部が濡れるなんて知らなかった。しかも今の説明が本当だとすると、私の身体は普通よりかなりいやらしく、彼と繋がるのを期待しているということだ。

まさか自分がそんなに淫乱だったとは……。情けなくて、恥ずかしくて、眉尻が下がる。

落ち込む私を見たナオさんが、訝しげな表情で首を捻った。

「なぜここでしょげるのか、意味がわからんな。敏感なのはいいことだぞ。お前は気持ちよくなれるし、俺も楽しめる。恵まれた身体だと喜ぶべきだ」

そう、なの？

ナオさんの妙なフォローに、私はまた混乱する。自分がエッチな身体だというのは、なんだかはしたなくて、隠しておきたいような気がするけど……。

どうにも納得できなくて、ぐるぐると考えているうちに、ナオさんが上半身を起こした。

彼と距離が空いたことにハッとして目を向ける。これで終わりかと思い、ほっとしかけたところで両膝の裏を摑まれ、思いきり左右に開かれた。

「あ、やだぁっ！」

限界まで足を広げられているせいで、秘部がナオさんの前に晒されている。とにかく見られたくなくて、手で覆い隠そうとしたけど、そこに触れた途端に指先がつるりと滑った。

「わっ⁉」

ぬるぬるしていて気持ち悪い。慌てて手を引こうとしたけど、ナオさんが「待て」と制止してきた。

「お前、そのまま自分でそこを触って、どれだけ濡れているか確かめてみろよ」

「えっ、い、いやです！」

いきなり信じられない行為を命令されて、目を剝く。ちょっと指先がついただけでもゾッとしたのに、触って確かめるなんて無理だ。

反射的に拒否して首を横に振ると、ナオさんはひどく楽しそうな微笑みを浮かべた。

「へえ。さっき、抵抗するなって言ったよな？　縛られるのと、自分で触るのと、どっちがいいか選べ」

「そんな……ひどい……」

両方いやなのに、どちらか選べと言われても困る。恥ずかしさが限界に達して、また瞳が潤んだ。

まばたきを繰り返し、こぼれそうな涙を必死でごまかす。今ここで泣いたって何も変わらないし、余計にナオさんを興奮させるだけだ。

何もせずにただ泣いているだけで、誰かが助けてくれるはずはない。今まで生きてきた中で、それは充分にわかってる。だから……。

私はそろりそろりと右手を秘部に近づける。湿った茂みを抜けて、割れ目に触れると、そこがとろりとした液体で濡れそぼっているのがわかった。

汗や排泄物ではなさそうだから、ナオさんが言った通りのものなんだろう。いやらしくて居たたまれない。

「ん、んっ……」

表面を指先でなぞると淡い痺れのような感覚が湧き、つい声が漏れてしまう。恥ずかしすぎて、だんだん呼吸が浅くなり、ぼうっとしてきた。

しばらく黙って私の痴態を眺めていたナオさんが「気持ちいいか？」と聞いてくる。

「わかり、ません……ぬるぬるしてて、なんかむずむずするし……」

「ふうん。中の方にもっとむずむずしているところがあるだろう？　そこも触ってみせろ」

「う……」

更にはしたないことを強要され、一瞬ためらう。けど、ぼんやりしている頭ではもうまともな判断ができないのか、私は指先を割れ目の中に潜り込ませた。

「あ、ぁ」

割れ目の内側は熱く潤んでいて、更に敏感になっているらしい。少し指先を動かすだけで、寒気に似た強い感覚が響いた。

とろとろの溝を手前になぞり上げると、最後に硬くしこった突起に触れた。

「いっ――!?」

ほんの少し触っただけで、感電したように大きく身体が跳ねて、息が止まる。

何かはわからないけど、そこを触るとひどくビリビリして苦しい。ぎゅっと瞑った目から立て続けに涙が流れ落ちた。

……今の、何？　凄く怖い。

恐る恐る瞼を上げて、縋るようにナオさんを見つめる。言われた通りにしたからこれで終わりだと思ったのに、彼は表情を変えることなく「続けろ」と命じてきた。

「や……やだ。ビリビリして、痛い、です」

なかばしゃくり上げながら、いやだと訴える。情けなくて格好悪いけど涙が止まらない。ぐずぐず鼻を鳴らして頭を振ると、彼はふうっと小さく息を吐いた。

「お前、強く擦りすぎなんだよ。もっと優しくしてやればいい」

「そんなぁ」

そっと触っても痛いのに、これ以上どうしたらいいのかわからない。

困り果てる私を見たナオさんは不機嫌そうに舌打ちして、膝裏を摑んでいた手を放した。

「最初に痛くしないと約束したから、手伝ってやる。足はこのままだ。もし閉じたら、足首を括って無理やり開かせるからな」

また恐ろしいことを言われ、震え上がる。

ナオさんは、恐怖で固まる私の顔を覗き込み、秘部に指を這わせてきた。割れ目の表面をさするように優しく撫でて、潤みを指に纏わせる。何度もそれを繰り返して、水音が立つくらいにしてから、内側に進んできた。

「あん、あっ、あ……っ」

自分でした時より何倍も気持ちよくて、じっとしていられない。とっさに腕を伸ばしてナオさんの首に抱きつくと、耳元で彼が小さく笑った。

「どうだ。こうしたら、気持ちいいだろう?」

「んっ……、いい、です」

快楽に溺れているのを認めるのは恥ずかしいけど、嘘をついてごまかせるような状態じゃない。私の秘められた場所は、ナオさんに弄られて熱くなり、次々といやらしい雫を吐き出していた。

さっき痛みを覚えた敏感な尖りが、ジンジンしている。ナオさんはそこに濡れた指先をそうっと当てた。

「ひゃっ」

少し冷たいような気がして、ビクッと肩が跳ねる。なんの力も加えられていないから、ちょっとピリピリするだけで痛くはない。そのままじっとしていると、だんだんもどかしく感じてきた。

擦ったら痛いとわかっているのに、触られているだけでは足りないと思ってしまう……。

「なんだ。これじゃあ、だめか？」

彼はクスクスと笑いながら、私の耳を舐める。たぶん……ううん、きっと、私が今どんな状態かナオさんにはわかっているんだろう。

彼の肩に額をつけるようにして、小さくうなずく。ナオさんは耳たぶを軽く噛んだあと
「こういう時は、イカせてっておねだりするんだ」と指摘してきた。

イカせるというのがなんなのかは知らないけど、それを言わなければいけないらしい。

「ナオさん……イカせて、ください」

浅く速い呼吸の合間に、教えられた言葉を口にする。

一瞬キュッと身を硬くした彼は、短く「ああ」と呟いて、秘部の突起をじわじわと押し込んできた。そこから円を描くように、ゆっくりと捏ねだす。

ナオさんの太い指の下で、硬く張り詰めた粒がクニクニと転がされる。乳首を摘まれた時と似ているけど、それよりもっともっと激しい快感が湧き上がった。

「あ、あ、あっ……あぁぁ、強い、よぅ……！」

自然に太腿が痙攣し、足先が反り返る。身体中が快感で満たされ、他に何も考えられなくなっていく。

気持ちいいのと同じくらい苦しいのに、手を止めてほしくない。それどころか、無意識

にもっときつくなぶってほしいとさえ思っていた。

本能に従い、下半身を動かす。ナオさんの手に秘部を押しつけるようにすると、更に快感が増してたまらない。

いつの間にか、はしたないとか、恥ずかしいという気持ちは吹き飛んで、私はただひたすらに快楽を求めていた。

「ああっ、あ、そこ、熱いの、気持ちい……。うぅっ、へ、変に、なっちゃう……！」

ナオさんの首にぎゅうっとしがみついて、淫らな喘ぎを上げ続ける。

彼は少しずつ指の動きを速くしながら、クッと低く笑った。

「まったく。干物っぽい癖に、スイッチが入ったら急にエロくなるのか。ここを腓らして、こんなに腰を振って……」

自分の心臓と呼吸の音がうるさくて、ナオさんが何を言っているのか聞き取れない。でも、なんとなく貶されているような気がした。

「だ、だって、気持ちいい、からぁ。もう、おかしく、なる……っ」

「ああ、いいぜ。おかしくなって、このままイケよ。な、琴子？」

彼の声はほとんど聞こえないのに、自分の名前だけがはっきりと耳に届く。ナオさんに名前を呼ばれたと認識した瞬間、限界を超えた感覚がバチッと弾けた。

「ぁ、あ――……っ!!」

勝手に身体がぐんっと仰け反り、口からあられもない声が迸る。全身がわななくほどこわばったあと、すぐに全ての力が抜けて、手も足も動かせなくなった。

ナオさんの首に回していた腕もほどけ、私はベッドの上にだらりと伸びる。

心臓がドキドキしすぎて、呼吸も苦しい。ひどい喘ぎを上げたせいで喉がひりつく。真夏の炎天下にでも置かれたように身体が熱くて、どこもかしこも汗にまみれていた。

身体がとにかく重だるく、自分のものではないみたいに感じる。

そのまま朦朧としていると、どこか離れたところで金属が擦れるような音が聞こえ、続けて頬に柔らかくてしっとりしたものが触れた。

「ん……な、に……?」

「初めてにしては随分と派手にイッたな。だがまあ、そのおかげで余計な手間をかけずに俺も楽しめそうだ」

ナオさんの大きな手で頭を撫でられて、胸の内が温かくなる。彼が言っていることは全然わからないけど、褒められたような感じがして嬉しくなった。

僅かな時間、彼の手の感触にうっとりする。けど、また秘部に違和感を覚えて、私は目を見開いた。

何か……太い棒みたいなものが割れ目に押しつけられている。硬いけどすべすべしていて、皮膚に吸いつくような感触で……これは一体、何？

「えと、あの、ナオさん。足の付け根に、何か、変なものが……」

秘部に触れているものがなんなのか、まるで想像がつかない。

恐る恐るナオさんを見上げて問いかけると、彼はあからさまに顔をしかめた。

「お前なあ、変なものとはなんだ。いくらなんでも失礼だろうが。俺の大事なところにケチをつける気か?」

「え、えっ⁉ ごめんなさい! そういうつもりじゃなくて——」

不機嫌全開で言い返され、慌てて謝罪の言葉を口にする。でも、途中でふと我に返った。

ナオさんが「俺の大事なところ」というのだから、あれは彼の身体の一部なんだろう。

昔々、学生時代に保健の授業で見せられた、男性の裸体図が脳裏に浮かぶ。基本的な造りは男女ともに同じだけど、男性は胸が薄く、股間に細長い性器が下がっていた。

「嘘……まさか……」

思い出の中のものより遥かに太くて長いような気がするけど、今、私に触れているのは、きっとナオさんの性器だ。

気づいた瞬間にざっと血の気が引く。このまま割れ目の奥へ入れられてしまうのではないかという恐怖に襲われた。

「やっ、待って。待ってください! 私……実は、初めて、で。抵抗する気はないんですけど、いきなりは怖いというか」

自分でも往生際が悪いと思いつつ、必死で時間稼ぎの言いわけをする。ここまできてやめるつもりはないけど、せめて私の心の準備が整うまで待ってほしかった。

あわあわする私を見たナオさんは、理解できないと言わんばかりに片眉を上げ、短い溜息を吐く。

「おい。何か勘違いしているようだが、お前に突っ込む気はないぞ。風俗だって本番はナシだと言っただろう。それに、胸を使うと最初に説明したはずだ」

「ふぇ?」

胸を使う? どういうこと?

またもや、わけがわからない説明をされ、首をかしげる。ナオさんは私から目をそらして、疲れたように首を横に振った。

「とにかく、お前の処女膜をぶち破るようなことはしないから安心しろ」

「なっ」

思いきり下品で卑猥な物言いに、目を剝く。聞いているこっちの方が居たたまれない。恥ずかしさでそわそわしていると、秘部に当てられていた彼のものがゆっくりと前後に動きだした。

「あっ」

硬い棒状のそれが、割れ目を擦るようにスライドしている。

熱を持ったままの秘部には、その刺激だけでも気持ちいい。落ち着きかけた官能の火が、再び勢いを増した。

「はぁ、ん、あ、あー……」

一度、快感を覚えてしまった身体は、当然のように喘ぎをこぼす。下半身が勝手に揺れだし、まるで彼のものを包むように襞が絡みついた。

私の中から溢れた露が、グチュグチュと音を立てる。蜜のようなとろみのあるその液体は、潤滑剤だという説明の通りに、ナオさんの動きをなめらかにしていた。

だんだんと割れ目を擦る動きが大胆になり、合わせて快感も強くなっていく。勢いづいた彼の先端で、奥の敏感な突起を押し潰され、私は悲鳴を上げた。

「あああぁぁっ!!」

最初はただビリビリして痛いだけだったのに、今はその痛みさえ気持ちいい。

強すぎる感覚のせいで目の前がチカチカと白くまたたき、張り詰めた糸が切れるようにガクッと力が抜けた。

「なんだ、またイッたのか？　お前、本当に敏感だな」

少し呆れたようなナオさんの呟きが耳に届く。どうやら、この感覚が極まるような状態を「イク」と呼ぶらしい。

彼は身体を起こして、ぐったりする私を見下ろし、ニタリと口元を歪めた。

「なかなかいい眺めだ。それだけよくしてやったんだから、次は俺の番だな」

はい、とも、いやだ、とも言えずに、ぼんやりとナオさんを見上げる。彼は私のみぞおちの上に跨って、足の付け根をぐっと突き出してきた。

前を開けたスラックスの間から、ひどくグロテスクなものが飛び出ている。それは太くて長い棒みたいな形で、濃い肌色の上に血管らしきものが幾筋も浮き、ピクピクと震えていた。

あまりのおぞましさに、パッと顔を背ける。

「なっ、な、なん、ですか、それ……!」

「何って、今までこれでお前を擦って気持ちよくしてやっただろうが。よがってイッた癖に、知らないふりをするな」

ナオさんの言葉に衝撃を受ける。足の間にあるところからして、薄々その正体に気づいてはいたけど、本当にあれが彼の性器らしい。

「そ、そんなの、知らないし。男の人のは、もっと、小さいって……」

プルプルと震えながら反論する。

私の言葉を聞いたナオさんは、なぜか満足そうな顔をした。

「ああ、勃った状態のものを見たことがないのか。男は興奮するとこうなるんだ。まあ、俺のは少し大きめだがな」

少し⁉　嘘ばっかり！

心の中でナオさんを詰る。保健の教科書に載っていた男性図の一倍はありそうだ。

その見た目と大きさに怯え震えているうちに、彼は私の両手を掴んで乳房の下に置いた。

「自分で胸を持ち上げるようにして、真ん中に寄せろ」

「え、なん――」

「早く」

口答えは許さないとばかりに言葉を被せられ、何も言えなくなる。言われた通りに胸を寄せると、膨らみの間に深い谷間ができていた。

自分の身体ながら、卑猥な光景にクラクラする。

これでいいのかと聞くためにナオさんを見上げれば、性質の悪そうな笑みを返された。

「いいか。途中で手を放したら、余計に長引いてお前がつらくなるだけだからな」

意味がわからないけど、脅しと変わらないことを言われ、キュッと身体がすくみ上がる。

ナオさんは自分のものを軽く手で撫でたあと、それを私の胸の間にずぶりと挿し込んできた。

「ひえっ‼」

見るからにグロいものを顔に近づけられて、声が裏返る。驚きすぎて放しかけた手を、上から押さえつけられた。

「放すな！」

急に大きな声を出されたせいで、ますます身体がこわばる。また怒鳴られるかもしれないという恐怖から、私は彼の言いなりになった。

私の胸に自分のものを挟んだナオさんは、ゆっくりと腰を前後に揺らし始める。表面はつるっとしていてしなやかなのに、芯の通った硬さがあり、ひどく熱い。触れ合う部分からその熱が伝わってくるような気がして、妙にドキドキしてきた。

彼の性器がしっかりと濡れているせいで、擦られても痛くはない。さっきナオさんが互いの足の付け根を擦り合わせたのは、私の蜜を潤滑剤として利用するためだったのだろう。もし何もなければきっと痛いだけだし、肌に擦り傷がつくかもしれない。だからナオさんがした行為は正しいのだ。でも、いやらしくて居たたまれない。

私が羞恥に翻弄されているうちに、ナオさんの動きがだんだん速くなってきた。合わせて、彼の吐息に今まではなかった熱っぽさを感じる。

「あの、これ、気持ちいい、です？」

ナオさんの顔を見つめて問いかける。浅くうなずいた彼の目元が、ほんのりと赤く染まっていた。

顔をしかめて目を伏せる姿は、初めて会った時と変わらず恐ろしいのに、なんだか可愛く思えてくる。彼の顔から首、襟元、シャツに隠されたウエスト……少しずつ視線を下げていき、最後に辿(たど)りついた足の付け根をまじまじと見つめた。

丸い乳房に挟まれた彼のものは、窮屈そうに震えている。何度見てもグロテスクだけど、気持ち悪いとは思わない。それどころか愛嬌(あいきよう)があるような気さえしてきた。

その先端の切れ目から、涙みたいな雫が湧き出ては、表面を伝い落ちていく。どうやら男性も女性と同じように濡れるらしい。

……むずがっているみたい。

ふいに、撫でて慰めてあげたくなった。だけど、両手は胸を押さえるために使っている。

やがて彼のものはブルブルと大きく震えだし、立て続けに雫をこぼすようになった。

ナオさんは「気持ちいい」と言っていたけど、どうしても苦しそうに思えて仕方ない。

「痛くないんですか？　ここ、凄く腫れてますけど……」

そうっと顔を見上げて質問を口にすると、彼は一瞬、面食らったような表情をしたあと、凶悪な笑みを浮かべた。

「……ああ、まあ、先のところが痛いかもな。お前が舐めてくれたら、少しはマシになりそうだが」

「えっ、舐めっ……？」

「ついでにそのまま自分の乳首を弄ってみせろよ」

「なんで!?」

唾液（だえき）には殺菌成分が含まれているという説は知っているけど、舐めたら痛みが取れるなんて聞いたこともない。しかもどさくさまぎれに、おかしな命令をされてるし！

目を剝き、口を曲げて、いやだと顔に表す。けど、ナオさんはふっと表情を和らげ、優しく微笑んだ。

「舐めてくれるなら、お前のぶんの食費と光熱費も出してやろう」

「うっ」

元の顔が凛々（りり）しすぎるからこそ、穏やかな表情をした時の破壊力は抜群だった。不覚にも胸がキュンとして、ゲスっぽい発言さえ普通のことのように聞こえる。

「本当に、そんなに痛いんですか？」

「ああ。痛い。気持ちよくても痛いんだ。お前も最初は痛いと言っていたじゃないか」

なんとも嘘くさいけど、畳み掛けるように言われれば、うなずくしかない。実際、私の秘部を弄った時も初めは痛かった。

ちらりと彼の先端へ視線を移す。そこは「早く、早く」と言うように震えて泣いている。

「……ちゃ、ちゃんと、食費と光熱費も払ってくださいね」

「約束したことは必ず守る」

ナオさんの言質（げんち）を取った私は、ギュッと目を瞑り、彼のものに顔を寄せる。ビクビクしながら舌を伸ばすと、濡れた先端がかすかに触れた。

「んー……！」

得体の知れない恐怖で、喉の奥から唸り声が漏れ出た。

一度、舌を引っ込めたあと、もう少し大胆に触れてみる。先の切れ目にそって舐め上げた途端、それが跳ねるように大きく震えた。

「っふ、いいぞ、続けろ」

ナオさんのかすれ声が、私の下腹部をゾクゾクさせる。続けて、彼の手でそっと頭を撫でられ、私は同じ部分を繰り返し舐め続けた。

生々しい匂いが鼻に抜ける。はっきり言ってひどくまずいけど、なぜか胸がドキドキして、また舐めたくなった。

「……先のところを少し咥(くわ)えて。歯を当てないようにしながら吸うんだ。ああ、お前、なかなかうまいな」

ナオさんから言われた通りに、彼のものを口に含んで吸い上げ、舌を這わせる。彼の気持ちよさそうな声を聞いていると、私の身体も熱くなっていく。

たぶん今、私は、物凄く淫らではしたないことをさせられているんだろう。でも、やめる気にはならなかった。

するりと頰を撫でられる。薄く目を開けると、ナオさんがギラギラした目で私を見下ろしていた。

「いやらしくていい眺めだ。だが、胸を弄るのを忘れているぞ」

ナオさんの指摘にハッとして、自分の乳首に中指を当てる。硬く尖りきった蕾は、少し触れただけでビリッと痺れた。

「んんぁっ！」

口を塞がれているせいで、くぐもった悲鳴が上がる。

痛みにも似た鋭い快感。苦しいと感じるのに、気持ちいい。さっきのナオさんの愛撫を真似て、中心を弄りながら全体を揉むと、くらくらするほどの甘さが響いた。

「はぁ、ん、んふぁ、あ、ん……」

自然に私の腰が揺れだし、秘部がヒクヒクと収縮を繰り返す。

どうしよう……熱くてゾクゾクしてたまらない。欲に溺れた私は、夢中で自分の胸を刺激して、ナオさんの先端を吸い続けた。

そうして顎がだるくなった頃、ナオさんが私を制止するように腰を後ろへと引いた。

離れていく彼の先端に舌を伸ばすけど、届かない。私の唾液とナオさんの露が混じり合い、つうっと糸を引いた。

「そんなに物欲しそうな顔をするんじゃない。いくらなんでも、口の中に出されたくはないだろう？　そろそろ終わりにしてやるから、胸をもっと寄せておけ」

「あ、ん……？」

熱情に浮かされ、ふわふわしている私には、ナオさんの話がほとんど理解できない。ただ最後の「胸を寄せておけ」という言葉だけは聞き取れたので、その指示に従った。

ナオさんは「俺がいいと言うまで動かすな」と念を押してから、私の胸に挟んだ性器を激しく抜き挿しし始める。離れるぎりぎりまで腰を引き、勢いよく突き出すのをひたすら繰り返した。

表面がトロトロに濡れていても、動きが速すぎて摩擦が凄い。元々、熱くなっていた身体が、更に火照った。

「やあっ、ナオさん！　熱い……っ」

熱くて苦しいと伝え、ブルブルと首を左右に振り立てる。

ナオさんは私の泣き言を無視して行為を続け、やがて大きく息を呑んだあとに、ぐぐっと身をこわばらせた。

その瞬間、彼の先端にある切れ目から、白くてドロドロした不思議な液体が噴き出した。

「ひゃっ……ぁむっ!?」

驚いて開けた私の口まで、飛沫（しぶき）が飛んでくる。ほんの数滴だけど舌についてしまい、思いきり顔をしかめた。

「うぅー」

苦みとえぐみが口に広がる。ついさっきまで舐めていたのとは、比べものにならないほどひどい。口の中が気持ち悪くて、勝手に目が潤んだ。

ナオさんが放ったものの残りは、私の胸元や首、顎の下に散っている。濡れた感触がするから、頬にも少し飛んだのだろう。

まだ少し呼吸が荒い彼は、高い位置から私を見下ろし、目を細めた。

「なんだ。出すだけで済ませてやろうとしたのに、自分から飲んだのか？　お前、無自覚に淫乱だな」

「んなっ！　ち、違います。これは偶然で――」

物凄く卑猥な彼の勘違いに嚙みつく。本当にただの偶然なのだと説明しようとしたけど、私の言葉はカメラのシャッターを切る音に遮られた。

慌ててナオさんを見上げる、彼はいつの間にかスマホを片手に持ち、カメラのレンズを私に向けていた。

「え、嘘……写真、撮った、の？　なんで……」

「ああ。お前が物凄くエロい姿をしているから、見せてやろうと思ってな。ほら」

楽しげに返事をしたナオさんは、手の中のスマホをくるりと裏返す。画面の中には、見るに耐えない姿の私がいた。

乱れた髪と上気した肌、苦しげな表情で瞳を潤ませている私は、どこか遠くを見ている。半開きの口はゾッとするほど赤く、頬や顎、胸元にまで白濁した雫が垂れていた。

「いや！　け、消してくださいっ」

反射的に叫んで、ナオさんのスマホを奪い取ろうとする。けど、彼はあっさりと私の手を避け、スラックスのポケットにスマホを入れてしまった。

「なぜだ？　初めて男と寝た記念に取っておけばいいだろう。まあ無理やりヤられたように見えなくもないが、いい顔をしているしな。……ああ、他の奴に見せたり、バラ撒いたりはしないから安心しろ」

ナオさんの言葉の最後に「言うことを聞いていれば」とつけ足されている気がして、蒼褪める。今更、自分がとんでもないことをしでかしたと気づいて、震え上がった。

どうしよう……こんなヤクザまがいの人といやらしいことをして、ただで済むわけがない。きっとあの写真をネタに脅されて……！

空中を見つめ、カタカタ震え続けていると、ナオさんが盛大に溜息を吐いた。

「おい。何を想像しているのかは知らんが、約束した通り二週間はここに置いてやるし、お前のぶんの食費と光熱費も俺が出す。わかったら、とにかく風呂に入れ。俺が言うのもなんだが、精液は乾くとひどいことになるぞ」

「へ？　せい……!?　えっ。これが!?」

自分の身体に散った白いドロドロの正体を告げられ、飛び上がる。あわあわする私を見たナオさんは、呆れたと言わんばかりにもう一度息を吐いた。

「……お前、何も知らない癖に、よく風俗嬢になろうなんて考えたな」

「だって、そうするしかなかったし」

　はっきりとバカにされ、ぼそぼそと言いわけする。

　ナオさんはサッと肩をすくめたあと、はだけていた自分の服を手早く直した。

「この際はっきり言っておくが、お前は身体で稼ぐ仕事に向いていない。他の堅気の職を探すんだな。衣食住に困っていなければ、それなりの給料でもやっていけるんだろう？」

「それは、そうですけど」

　確かに安く住めるところがあれば、今までと同じ給料で暮らしていける。おばあちゃんの介護費用もなんとか払えるはずだ。だけど、ずっとここに置いてもらうわけにはいかないし……。

　ナオさんの勧めに従って普通の仕事を探すべきか、それとも、向いていないのを承知の上でナイトワークに手を出すか……どちらがいいのか、つらつら考えていると、急に身体を抱き上げられた。

「わあっ!?」

　突然の浮遊感に慌てる。私を横抱きにしたナオさんは、おかしそうにククッと笑った。

「まったく、いちいち大声を出すなよ。小難しい顔をして考え込むのはお前の勝手だが、まずは風呂だ。俺は飼っている女を汚したままにしておくほど、鬼畜じゃないからな」

「飼っている？」

いつの間にか、自分がペット扱いされていることに驚き、目を見開く。ナオさんは啞然とする私の顔を覗き込み、悪そうな表情を浮かべた。

「外で拾ったお前に、住む場所と食事を与えてやるんだから、飼うのと同じだろう？」

「ええっ。その代わりにエッチなことをさせた癖に……」

しっかり対価を要求しておきながら、ペットと同じように言われるのは納得がいかない。ちょっとムッとして口を曲げると、ナオさんは軽く笑い声を立てた。

「ペットはご主人様を癒すのが仕事だからな。俺の琴子には色気が足りないが」

俺の……!?

まるで私がナオさんのものになったような言い方をされ、ドクンと心臓が跳ねる。冗談だとわかっていても、頬が熱くなった。

「もうっ。ペットじゃなくて、居候ですからね！」

照れ隠しに念を押して、ぷいっと顔を背ける。

ナオさんとはさっき会ったばかりだし、どう見ても普通の人じゃない。その上、いやらしいことまでさせられたのに、なぜかドキドキして仕方なかった。

2　契約

日が傾き、あちらこちらの店の看板がキラキラと輝き始めた頃、私はリクルートスーツに買い物袋を提げた格好で、風俗店街を歩いていた。

どう見ても場違いなせいか、店の呼び込みや、お客らしき男性たちから怪訝な視線が向けられている。私はできるだけ彼らの邪魔にならないよう、通りの端をそそくさと進んで、目的の雑居ビルへと入った。

ちょっと古めのエレベーターで最上階に向かう。下りた先にあるドアを合鍵で開けて、中に滑り込んだ。

相変わらず殺風景な室内は、家主の不在を知らせるように真っ暗だった。ナオさんは出かけているらしい。

後ろ手にドアの鍵をかけた私は、のろのろした動作でルームランプを灯す。淡いオレンジの光が、ほんのりと室内を照らした。

　ふうっと溜息を吐いて、ベッドの端に腰かける。買い物袋とバッグを床に下ろし、両手で顔を覆った。

「困った。どうしよ……」

　独りで愚痴を漏らして、うなだれる。

　ナオさんの家に居候し始めてからもうすぐ二週間。約束の期限が近づいているというのに、私の就職先は決まる気配さえなかった。

　今日は二件の不採用通知をもらい、午後から出向いた面接先で直接、採用を断られた。平成の大不況はだいぶ持ち直してきているという話だけど、碌なスキルを持たない高卒の中途採用希望者には、まだまだ厳しいらしい。まして、社会保険と社員寮完備のところなんて、ほぼないと言ってもいいくらいだった。

　普通の仕事が難しいのなら、やっぱりナイトワークしかないと考え、近くの風俗店を訪ねてみたこともある。けど、ナオさんの言葉通りに、顔を見ただけで無理だと言われた。

　仕事と新しい家が決まらなければ、ナオさんに迷惑をかけ続けることになる。

　この二週間、彼は同居を始めた時の約束を守り、私に不埒(ふらち)なことはしなかった。でも、居候の期限延長をするには、また例のいやらしい行為をしなければいけないんだろう。

　急に胸がドキドキしだして、薄れかけたあの時の記憶が蘇ってくる。ナオさんのいいように弄ばれ、はしたなくて恥ずかしくて……でも、凄く気持ちよかった。

もし居候を延長したいと言ったら、もう一度あんなふうにされてしまうのかな……それとも、次はもっと激しいことを？

いつの間にか口の中に溜まっていた唾液を、ごくりと呑み込む。想像だけで下腹部が熱く潤んできたような気がして、私はブルブルと首を横に振った。

家賃代わりの行為に快感を覚え、またしたいと思うなんて、どうかしている。私は自分の淫乱さに軽く打ちのめされながら、疲れた足を引き摺ってバスルームに入った。

そこに干してある洗濯物を外してかかえ、ベッドまで取って返す。浴室乾燥機がついているから、衣類はパリッと乾いていた。

ベッドの上に洗濯物を置いて、一枚ずつ畳んでいく。ついでに部屋着に着替えたあと、私の服を自分の旅行バッグにしまい、ナオさんの服はクローゼットに片づけた。

家賃の対価としてエッチなことはしたけど、それだけでここに置いてもらうのはなんだか心苦しくて、私は自分から進んで家事を引き受けた。

掃除、洗濯、食事の用意。ワンルームに住人が二人だけだし、それぞれの作業はたいしたことがないけど、家事嫌いらしいナオさんからは重宝がられていた。

……ハウスキーパーとしてでもいいから、このままここに置いてくれないかなー……なんて、つい夢を見てしまう。

食費と光熱費、家賃なしの家に住まわせてもらえるのは、もちろん魅力的だ。しかしそれ以上に、私はナオさんの傍から離れがたいような気持ちを持ち始めていた。

「あー、もう。だめ、だめ。自分の面倒は自分でみなくちゃ！」

わざと声に出して、自分自身を叱咤する。

弱っている時、誰かに頼りたくなるのは人間の性なんだろうけど、この程度でへこたれていては、おばあちゃんを守れない。

私はベッドの脇に置いていた買い物袋を取り上げ、大股でキッチンの前に移動した。

今日は子持ちカレイが安かったから、煮つけを作るつもりだ。それに、キュウリの塩揉みと冷奴。タイムセールで手に入れた葉つき大根は、葉っぱを煮浸しにして、根っこはお味噌汁にしよう。

料理のメニューと手順を頭の中で組み立てて、袋を開ける。

もう余計なことを考えないよう、私は気合いを入れて夕飯の支度を始めた。

料理を終えた私は、食事用の折り畳みテーブルとイスを広げる。そこに座って、スマホで求人情報サイトをチェックし始めた。

ここは無線ＬＡＮが繋がっているから、通信料を気にしないでインターネットができる。

ナオさんの厚意で、私は好きなだけ求人情報を見られるようになっていた。

希望の条件をチェックして検索する。出てきた情報の中から自分にできそうな仕事を探したけど、資格が必要だったり、転勤があったりで、これというものは見つからなかった。選り好みできる立場じゃないのはわかっているけど、おばあちゃんの生活を支えるためには妥協ができない。

ゆっくりと息を吐いた私は、スリープモードになったスマホをテーブルに置いて、室内をぐるりと見回した。

倉庫に家財道具を無理やり取りつけたような違和感はあるけど、それぞれの家具はしっかりしていて、安い物でないことがわかる。システムキッチンやバスにトイレ、エアコンなどの家電も新しくて、見たことがない便利な機能が沢山ついていた。

「……ナオさんて、お金持ちだよね……」

ぽつりと独り言を漏らして、頬杖をつく。

これだけの家財を揃えた上、私を拾って住まわせても痛くないほど、お金に余裕があるのだろう。

私はナオさんがなんの仕事をしているのか、正確には知らない。

勤務時間は不規則で、ずっと家にいたり、今日のようにふらりと出かけたりする。その日の格好も、ラフな普段着か、お堅いスーツか、またはその中間か、と、まちまちだ。

以前ナオさんは「ここは仕事用の仮住まいだ」と言っていたけど、風俗店街のど真ん中にあるところから考えて、何か特殊な仕事をしていることは間違いない。……実はヤクザのお偉いさんで、この一帯の縄張りを管理している、とか。

冷徹な悪役っぽい風貌（ふうぼう）と言動をするナオさんを思い出し、小さくプルッと震える。もし彼が本当にそういう稼業の人だとしても、違和感はゼロだった。

テーブルの上に身体を倒して横を向き、出入り口のドアを見つめる。

「早く帰ってこないかな」

つい、思いを口に出してしまう。

おばあちゃんが施設に入ってからというもの、ずっと一人暮らしを続けていた私は、自分以外の誰かがいる生活に、かなり飢えていたらしい。ナオさんを少し怖いと思いながらも、彼との食事や、些細（ささい）な会話をすることが楽しくなっていた。

……しかも、ナオさんのちょっとした仕草や表情にドキドキして、胸が熱くなる。最初は自分の体調が悪いのかと思ったけど、それはちっともいやな感じじゃなくて、嬉しくなるような不思議な感覚だった。

なぜ、こんな気持ちになるのか、つらつらと考えてみる。摑めそうで摑めない答えに、もどかしさを覚えた頃、鈍い音を立ててドアが開いた。

中に入ってきたナオさんは、私がテーブルに突っ伏しているのを見て、少し意外そうな顔をした。

「どうした、琴子。どこか調子が悪いのか？」

「いえ。ちょっと考え事を……。あ、おかえりなさい」

まだ迎えの挨拶をしていなかったと気づいて、身体を起こす。ナオさんと一緒にいられる喜びを隠せず、微笑んだ。

ナオさんは私を一瞥したあと、何かに悩んでいる時みたいに、眉間に皺を寄せ「ああ」と返してくる。彼が一体いつからここで暮らしているのかは知らないけど「おかえりなさい」を言われることに慣れていないようだった。

私はバスルームを指差して、立ち上がる。

「すぐに夕食の準備をしますから、手を洗ってきてください」

「……わかった」

溜息と一緒にうなずいたナオさんは、着ていたジャケットをベッドに放り投げて、バスルームへと向かった。

「もう。物は大事にしなきゃダメなんですよ」

離れていく彼の背中に声をかける。まるで聞こえていないように無視された私は、ベッドの上の哀れなジャケットを拾い上げ、ハンガーにかけた。

ナオさんは元々、口数が多い方じゃないらしい。当然、楽しく会話をしながら食事をするなんてこともなく、黙々と料理を口に運んでいた。

おいしいとか、おいしくないという感想もない。それでも口に入れられないほどまずくはないようで、いつも残さず食べてくれていた。

ほぼ無表情で口を動かすナオさんに、そっと視線を向ける。やっぱり目つきはよくないけど、クールで格好いい。

箸の使い方がとても綺麗で、どことなく優雅にも見えた。

今はこんなところでアウトローっぽい暮らしをしているけど、きっとちゃんとしたお家で育った人なんだろう。

ただ見ているだけで、こんなにも色々なことがわかる。今、ナオさんと一緒にいられることが、嬉しくて楽しかった。

スッと彼の目が私に向く。

「おい。仕事は見つかったのか?」

視線が絡んだことにドキドキしていた私は、一瞬、何を言われたのかわからず、まばたきを繰り返した。

「え、あ、えと……まだ、です。この前に受けたところと、今日の面接も断られちゃって」

ははは……と乾いた笑いを漏らして、眉尻を下げる。

ナオさんは「そうか」と返して、また食事を再開した。

……なんだろう、今の。とっとと仕事を見つけて、出ていけということ？

浮ついていた気持ちが、急降下する。居候の期限が近づいていることは、わかっていても指摘されたくなかった。

自然に視線が下がり、箸を持つ手が止まってしまう。契約を更新しなければ、こんなふうに彼と食事をすることもなくなるのだと思い、寂しさが込み上げてきた。

ナオさんは気落ちした私の顔を覗き込んでくる。

「琴子？」

「な、なんですかっ」

急に近づいた距離に驚いて、思いきり仰け反った。心臓がドキドキして、頬が熱い。

続けてナオさんが何かを言いかけた時、金属を叩くような甲高い音が室内に響いた。驚いて音がした方を振り向けば、そこにはエレベーターホールへ続く、アルミ製のドアがあった。

誰かがドアをノックしてるの？

今まで誰も訪ねてくることがなかったから、びっくりした。無意識に胸元を押さえ、ドアを見つめていると、ナオさんが「早いな」と呟いた。

どうやら、ドアの向こうにいる人を彼は知っているらしい。

「どなたかと約束していたんですか？」

「ああ。酒屋だ」

ナオさんは端的にそう言って、ドアのところへ向かっていく。

……酒屋さん？　配達ってことかな？

離れていくナオさんの背中をぼんやり眺めていると、ドアを開けた彼の向こうに、赤茶色の頭が見えた。

「まったく。ゴウさん、ひどいですよー。いきなり『なんでもいいから酒持ってこい』って。ウチの店は、俺一人で回してるんですからね？　バーテンダーのいないバーなんてありえないでしょ」

「ふん、この時間なら客も少ないだろう。それにどうせ常連ばかりだ。お前が少し抜けたところで問題になどならないさ」

少し高めの声の男性と、ナオさんが話している。気軽に声をかけあっているところから見て、二人はかなり仲がいいのだろう。

ナオさんは、男性が持ってきたお酒のボトルを灯りにかざすように持ち上げ、満足げな表情を浮かべた。

「なかなかいいな。お前も俺の好みがわかってきたじゃないか」

「そりゃあね。もう何年、一緒にいると思ってるんですか……って、あれ!?」

唐突に驚きの声を上げた男性が、ナオさんの脇からひょいと顔を出す。年齢はナオさんより少し若そうだ。レンガみたいな色の髪に、小奇麗な顔をしていて、パッと見はホストのようだった。

男性は続けて、テーブルにいる私を見つけ「嘘っ、女の子？　誰⁉」と叫んだ。すかさず、ナオさんが男性の頭をはたく。中途半端に伸びた髪が、ばさりと揺れた。

「うるさい」

「いてっ！」

ナオさんと男性の声が重なる。

はたかれた時の音が大きくて結構痛そうだったけど、男性はすぐに顔を上げて、私とナオさんを交互に見比べた。

「つーか、本当に誰？　親父さんが宛がった女じゃないですよね？」

わけのわからないことを言う男性を、啞然として見返す。

混乱する私を放置して、ナオさんが首を横に振った。

「違う。そこらで拾ったんだ。無職のホームレスだというから、ここに置いて身の回りのことをやらせている」

「拾ったぁ⁉　ゴウさんがですか？」

男性がまた大きな声を出して、思いきり目を剝く。

確かに人間を拾うなんて、まずありえないことだから、驚くのはわかる。けど、いちいちオーバーアクションな人だ。

「あ、あの……栗村琴子、です」

黙っているのはなんだかおかしいような気がして、おずおずと名乗り、会釈をする。

私の名前を聞いた男性は、弾かれたようにパッと破顔して、大きくうなずいた。

「大鹿誠太郎です。ゴウさんの大学時代の後輩で、今はこのビルの地下を借りて、バーをやってます」

この男性は大鹿さんというらしい。そして、ゴウというのが、ナオさんの本名のようだ。

最初からわかっていたことだけど、偽名を使われるほど自分が彼に信用されていないのだと思い知らされ、密かに落ち込んだ。

大鹿さんはナオさんを押し退けるようにして私の傍までくると、どこからともなく出したペーパーコースターをサッと差し出してきた。

「どうぞ」

優雅な仕草に思わず目を瞠る。今までの騒がしい態度とは、まるで違っていた。

「ありがとうございます」

コースターを受け取って見れば、そこには「Bar Mond」と印刷されている。大鹿さんはコースターを指差して、普通のカクテルの他に、ドイツのビールやおつまみを置いているのだと語った。

　いやみのない、流れるようなトークは、ただ凄いとしか言えない。さすが客商売をしている人だ。

　ぼんやりと大鹿さんを見上げ、話を聞いていると、彼はテーブルの上に視線を向けて首を捻った。

「もしかして、食事もきみが作ってるの？」

「はい。外食は栄養が偏るし、お金もかかりますから」

　ナオさんからは、毎日外食したって余るほどの食費を渡されている。でも、身についてしまった節約の癖がどうにも抜けない。贅沢（ぜいたく）をするのが、なんだか悪いことのように思えて、私は自炊を続けていた。もちろん、余ったお金はあとで返すつもりで。

　私の説明を聞いた大鹿さんは、また目を大きく見開いて、ナオさんを振り返った。

「えっと、ゴウさんもここで食べてるんですよね？」

「……ああ。琴子が作る料理は、貧乏くさくて基本的に茶色いが、味はまあ悪くないな」

　ナオさんは少し言いにくそうにしながら、私の料理の感想を口にする。

　初めて聞いたし、貧乏くさくて茶色だと言われたのはちょっと痛いけど、味つけを褒めてくれたことが何よりも嬉しい。

　こっそり幸せに浸っていると、大鹿さんがひどく驚いたように「マジかよ。あのゴウさんが……」と呟いた。

どういう意味だろう？　わりとお金持ちっぽくて、いいところで育ったらしいナオさんが、こんな節約料理を食べるなんて信じられない……とか？

ナオさんはもしかしたら、私が思っているよりもずっとセレブなのかもしれない。

たとえば大きな組の跡取り息子で、今は修業を兼ねた下積み中だったり、逆に何か困った理由があって、ここに身を隠していたり……。

次々とそれっぽい想像が湧いてくる。私がテレビドラマのような展開を頭に描いているうちに、大鹿さんがナオさんを店に誘っていた。

「たまにはここじゃなくて、俺の店で飲んでくださいよ。最近、ゴウさん全然きてくれないから、みんな気にしてるし。ちゃんとおもてなししますよ。もちろん、彼女さんを連れてね？」

大鹿さんは首だけを動かし、私に向かってパチッとウインクをする。

ナオさんの彼女扱いされたことに、大きく心臓が跳ね上がった。

「わ、私は、彼女とかじゃ……！」

「ああ、わかった、わかった。そこまで言うならいってやる。食事のあとに顔を出せばいいんだろう？」

ナオさんは私の言葉を掻き消すように声を被せて、開いたままだったドアの向こうへと顎をしゃくる。大鹿さんに「早く帰れ」と言いたいのだろう。

　それを聞いた大鹿さんは、片手で軽くガッツポーズをしたあと「待ってますから、絶対にきてくださいよ」と三回繰り返して、帰っていった。

　大鹿さんが出ていくなり、ナオさんは大きく溜息を吐いた。

「いつもながら騒々しいやつだ。……そういうわけだから、あとでお前も飲みに付き合え」

「えっ、でも、私ちょっと、バーにいくようなお金は……」

　恥ずかしながら、お酒を飲めるような金銭的余裕がない。

　ここに居候させてもらって生活費はかなり楽になったけど、いまだに仕事が決まっていないから、無駄遣いをしたくなかった。

　ナオさんは少しイライラした様子で舌打ちをして、髪を掻き上げた。

「女をバーに誘って、金を払わせるほど落ちぶれちゃいない。お前は黙ってついてくればいい」

　傲慢(ごうまん)な言葉を吐き捨てた彼は、またテーブルに戻ってきて食事を再開する。

　私は少しの間ぼーっとしてナオさんを眺めていたけど、彼がご馳走してくれるつもりなのだと気づいて、頭を下げた。

「あの、ありがとうございます」

「ふん」

ナオさんは私のお礼を鼻で軽くあしらい、カレイの煮つけを突き始める。

顔が怖くて冷酷そうで態度と言葉も偉そうだけど、実は優しい人なのかもしれない。

また黙々と料理を食べるナオさんを見つめ、私はそっと目を細めた。


大鹿さんが経営しているというバーは、このビルの地下一階にあった。

地上の一階と二階に入っている風俗店が派手なために、存在が目立たず、知る人ぞ知るという雰囲気が漂っていた。

黒地に白で店名が刻まれたシンプルなドアを、ナオさんが開ける。彼に続いて中に入ると、お客さんらしき人たちの声が聞こえてきた。

うるさいというほどではないけど、静かすぎるわけでもない。店内は木材をメインに使っている少しレトロな内装で、ランプを模したオレンジの灯りと調和していた。

中はそんなに広くないらしく、カウンターが六席と、四人掛けのテーブルが三つ置いてある。店の奥のカウンター席以外が埋まっているところからして、結構はやっているのだろう。

ナオさんが軽く右手を上げると、カウンターの中にいた大鹿さんがパッと笑みを浮かべた。

「よかった！　ゴウさん、きてくれたんですね」

「まあ、約束だからな」

あまり気乗りしない様子で、ナオさんが返事をする。

大鹿さんは彼の態度を気にすることなく、ニコニコしながら奥のカウンター席へと手を向けた。

「あちらにどうぞ」

私は大鹿さんに軽く会釈をしたあと、ナオさんの後ろをついていった。

空いていた席には「Reserved」と書かれたプレートが置かれている。どうやら、大鹿さんが私たちのために席を取っていてくれたようだ。

あえて頼んでいたわけじゃないけど、感謝しつつ席につく。すぐに温かいおしぼりを渡されて、ほうっと息を吐いた。

できるだけ意識しないようにしていたけど、私はかなり緊張しているらしい。こんなおしゃれなお店にきたのは、生まれて初めてだった。

ナオさんはメニューを見ることもなく、サッとオーダーを済ます。続けて横目を向けられたので首を捻ると「お前は何にするんだ？」と聞かれた。

「えっ！　な、何って言われても」

今までお酒を飲む機会が少なかったから、種類も飲み方もわからない。オロオロして焦る私を見たナオさんが、少し呆れたように緩く笑った。

「酒は強い方か？　どれくらい飲めるんだ？」

「あ……たぶん、そんなに強くないと思います。あと、ビールは苦いからちょっと」

過去に断りきれなくて、一度だけ会社の飲み会に参加した時のことを思い出す。ほとんど強制的にビールを渡されたけど、苦みと炭酸のきつさで半分くらいしか飲めなかった。

ナオさんは「理解した」というように、ゆっくりとまばたきをして、大鹿さんの方へ向き直る。

「こいつに弱めのカクテルを頼む。……そうだな、甘いのがいいだろう」

「かしこまりました。アップルジンジャーはどうでしょう？　ジンに林檎（りんご）のリキュールをプラスして、ジンジャーエールで割ったカクテルです。もし苦手なものやアレルギー等がおありでしたら、他にもご用意できますので、お申しつけください」

大鹿さんは、さっきナオさんの部屋にきた時とは違う、うやうやしい態度で綺麗な笑みを浮かべた。バーテンダーである大鹿さんが、客である私たちに対して丁寧に接するのは当然のことなんだろうけど、やっぱりギャップに驚いてしまう。

ほんのちょっとの間、ぽかんとして大鹿さんを見つめたあと、質問を向けられていたことを思い出して顔を上げた。

「……すみません、ぼーっとしてて。えと、大丈夫です。それでお願いします」

私がうなずくのを見届けた大鹿さんは、サッと一礼して、お酒の用意を始める。迷いのない、流れるような動きに見惚れていると、横からふうっと息を吐く音が聞こえた。

音につられて顔を向ける。カウンターに肘をついているナオさんと、視線がぶつかった。

普段通りの無表情だけど、どことなく不機嫌そうに見えるのは気のせい？

「ナオさん？」

「随分と熱心に見ているようだが、あいつを気に入ったのか？」

「え、はい。技術があるのって、やっぱりいいですよね。私もスキルとか資格とかを持っていれば、こんなに困ることはなかったんでしょうけど……」

私と大鹿さんを比べても、仕方ないことだとわかっているけど、つい自分の無力さを嘆いてしまう。

ナオさんはなぜか驚いて一瞬固まったあと、渋いものを食べた時みたいに顔をしかめて目をそらした。

「なんだ、そんなことか」

「そんなことって！　就活中の身には、スキルと資格を持つ人が羨ましくてたまらないのにっ」

口を尖らせて、不満を吐き出す。ちょっと声が大きすぎたのか、大鹿さんのところまで聞こえたらしく、クスクスと笑われた。

「それなら、栗村さん、ここで働く？　バーテンダーは資格がなくてもなれるよ。技術は経験を積んで磨くしかないけどね」

大鹿さんはそんなことを言いながら、私とナオさんの前にグラスを置いた。

ナオさんのはシンプルなグラスに、ロックアイスと透明なお酒が入っている。私の前に置かれたのは背の高い細身のグラスで、淡い琥珀（こはく）色の中に細かい気泡が弾けていた。

照明から広がるオレンジ色の光が、グラスの内側でキラキラと乱反射している。シックな色味なのに華やかで、とっておきの宝物を見つけたような気持ちになった。

うっとりとカクテルを見つめ、溜息を吐く。「いただきます」と一声添えてから、そっと口をつけた。

最初に林檎の甘い香りが立ち上り、次にジンジャーエールの爽やかな風味を感じる。甘いのにくどくなくて、飲みやすさに驚いた。

「おいしい！　それに、凄く素敵だし」

思わずグラスを口から離して、歓声を上げる。

嬉しそうに笑った大鹿さんが、胸に手を当てておじぎをした。

「お褒めいただきまして、光栄です。まあでも、そんなに難しいカクテルじゃないから、ここで見習いをしてコツを摑めば簡単に作れるよ。どう？　栗村さんにとっても、悪い話じゃないと思うけどな」

「えっ」

大鹿さんの誘いに驚いて、目を瞠る。さっき「ここで働く?」と聞かれたのは、てっきり冗談だと思っていたのに……本気なの?

就職先が見つからない私を雇ってくれるという申し出は、本当にありがたい。でも、自分の状況を振り返れば、難しいと答えるしかなかった。

「あの、ここで働けたら、本当に素敵だと思うんです。けど、実はちょっと、お金に困ってて。あと社員寮がある会社じゃないと、住むところもなくて……」

みっともないのは承知の上で、ぼそぼそと自身の現状を話す。我ながら図々しい条件だと思うけど、おばあちゃんの生活がかかっているから妥協できない。

最後に「すみません」とつけ足してうなだれると、大鹿さんはハハッと明るい笑い声を上げた。

「そういうことなら問題ないよ。見ての通り、夜の仕事だからね。普通の会社よりは給料を高くしているんだ。それに、住むところはゴウさんの部屋があるでしょ?」

「あ、いや、その、私は居候させてもらっているだけなので」

大鹿さんの突然の提案に跳び上がる。慌ててナオさんに視線を向けたけど、彼はどうでもよさそうに、ゆったりとグラスを傾けていた。

私との同居を拒否しないナオさんを見て、大鹿さんがにんまりと口の端を引く。

「ゴウさんもいやがってはいないみたいだし、ちょっと本気で考えてみて。この店を一人で回すのは結構大変なんだよ。栗村さんが見習いとして手伝ってくれたら、凄く助かるんだけどな」

ぐっと近づいてきた大鹿さんが、首をかしげて私の顔を覗き込む。急に間近で見つめられたことに驚き、身を退くより早く、横から伸びてきた腕に抱き寄せられた。

肩を抱かれるようにして、ナオさんの身体に寄りかかる。初日にエッチなことをした時以外で、こんなに近づくことがなかったから、心臓がドキドキしだした。

恐る恐るナオさんの顔を見上げる。パッと見は怖いけど、目元がキリッとしていて、やっぱり格好いい。

彼は、前に立つ大鹿さんを威嚇（いかく）するように、軽く睨（にら）んだ。

「離れろ、大鹿。こいつに近づきすぎだ。お前目当ての客にやっかまれるだろうが」

「……やっかむって……ちょっと近づいただけで、そんなことあるわけないでしょ。ゴウさんて、そういうところ素直じゃないですよね」

噛みつくように言葉を吐き捨てたナオさんと、おかしくてたまらないというふうに肩を震わせる大鹿さん……二人はなんの話をしているんだろう？

大鹿さんには仲のいいお客さんがいて、その人の嫉妬心を煽ってしまうかもしれないから、彼に近づいてはいけない、ということ？　でもそれなら、ナオさんが「素直じゃない」という言葉の意味がわからない。

ナオさんに寄り添ったまま、二人を見比べた。不愉快極まりないと言わんばかりのナオさんを見て、大鹿さんがニヤニヤ笑いをしている。

結局、二人はそれ以上、何かを話すことも説明することもなく、私はわけがわからない中で、ちびちびとカクテルを飲み続けていた。


私がカクテルを一杯飲む間に、ナオさんは二回おかわりをした。

彼が飲んでいるお酒がどういうものなのか、私にはわからないけど、おそらくアルコール度数が高いのだろう。

それを三杯も飲んで平気な顔をしているのだから、ナオさんは相当お酒に強いということだ。

対して、私はやっぱり弱い方らしい。軽めのカクテルでもふわふわして、雲の上を歩いているような気分になった。

「うふふー。初めてバーに行きましたけどー、おいしくって、楽しかったですっ。連れてってくれて、ありがとうございました」

大鹿さんのお店から部屋へ戻る途中のエレベーターで、私はナオさんに感謝の言葉を伝える。

足元が危ないという理由で私を支えてくれている彼は、ひどく面倒くさそうに「ああ、そうか」と返事をした。

実際、酔った私の相手が億劫(おっくう)で仕方ないのだろう。それでも見捨てていかないのは、ナオさんが優しいからだ。凄くわかりにくいけど。

エレベーターが最上階に到着して、ドアが開く。ナオさんにかかえられるようにして部屋へ連れ込まれた私は、ベッドの上にぽいっと投げ捨てられた。

ちょっと乱暴だけど、落ちた先がベッドだから痛くはない。床に捨て置いたっておかしくないのに、わざわざベッドまで連れていってくれたのは、彼なりの思いやりに違いなかった。

柔らかいベッドの上に伸びて、ほうっと息を吐く。

私を見下ろしたナオさんは、短く舌打ちしたあと、冷蔵庫からミネラルウォーターのボトルを出して口をつけた。

ボトルから直接飲むのは、行儀がいいとは言えない。けど、大きく動く彼の喉仏がひどくセクシーで目を奪われた。

酔っているからか、変にドキドキして身体が熱くなる。熱に浮かされ潤んだ瞳をナオさんに向けると、彼はボトルを口から離して、濡れた唇を袖で乱暴に拭った。

「おい、大鹿の店で働くのか?」

「え？」

唐突な質問に、ぽかんとする。何度かまばたきをしてから、バーテンダーの見習いにならないかと誘われたのを思い出した。

ゆっくりと上半身を起こして、ぼそぼそと自分の考えを打ち明ける。

「……それは……もし働けるなら、嬉しいです。でも、私がここに居続けるのは、リオさんの邪魔になるし」

きっぱり「ナオさんの迷惑にならないように断ります」と言えないところが情けない。

このまま彼の傍にいたいと思っていることが、言葉の端々から漏れ出てしまっていた。

どっちつかずな私の態度にイライラしたのか、ナオさんは思いきり顔をしかめ、前髪を掻き上げる。

「お前には記憶力ってものがないのか？　それとも幻聴があるのか？　俺がいつ、お前のことを邪魔だと言ったんだ？」

「ひえっ！　い、いや、言われたことは、ないんですけど。普通に考えたら、邪魔かなって、思って……」

見慣れた私でも震え上がるほど鋭いまなざしを向けられ、声がかすれる。

ギュッと身を硬くして怯えていると、ナオさんは空のボトルをシンクに放り投げて、腕組みをした。ますます威圧的に見えて怖い。

「お前の妄想は聞いていない。俺がここに住まわせてやると言った時のことは忘れたのか？」

「覚えてます。一回ヤッたら二週間は置いてやるって。更新するはめにならないように、就活をがんばれって」

「そうだ。俺はお前のことを邪魔だとは思っていない。契約を更新して、ここに住み続けるかどうかは、お前が決めればいい」

私にとっては夢のような話を聞かされ、ついぼーっとしてしまう。

「本当にいいんですか？　私がここにいても」

ナオさんの言葉を疑うわけじゃないけど、信じられないほど嬉しくて聞き返す。彼はますます不機嫌そうに眉間の皺を深くして、私をじろりと睨みつけた。

……やっぱり怖い。

「ああ、構わない。だが、次は期限を決めないからな。覚悟して契約することだ」

「それはどういう……」

「いちいち二週ごとに契約を更新するなんて、面倒でやっていられん。だから、お前には俺の愛人になってもらう」

「あ、愛人⁉」

またも予想外な提案に、目を見開く。いやらしいことと引き換えに居候させてもらうだけでも、恥ずかしくて居たたまれないのに、愛人契約をしたらどうなってしまうんだろう?

わななく私の前で、ナオさんはきっぱりとうなずいた。

「お前には今まで通り、ここの掃除と洗濯、食事の用意を頼みたい。ただし、仕事と両立できる範囲でな。あとは俺の性欲処理。はっきり言えばセックスの相手だ。どれくらいの頻度になるかは、実際にヤッてみなければわからん。その代わり、好きなだけここにいて構わない。食費と光熱費、その他の生活費、遊ぶ金も全て俺が出す。お前は大鹿の店で、婆さんのための金だけ稼げばいい。愛人にはするが、俺は誰とも結婚する気がない。子供も無理だ。俺の仕事や素性について詮索をするな。愛人関係についても口外は許さない。これが条件だが、どうする?」

一気に説明されて、どうするかと問われても、答えられない。考えなければいけないことが多すぎて、にわかには理解できそうになかった。

バカみたいに口を開けて唖然とする。頭の中が真っ白だ。

身動き一つしない私を一瞥したナオさんは、長い溜息を吐いて、自分のこめかみをぐりぐりと指で押した。たぶん、無反応の私に呆れているのだろう。

「つまり、俺のものになるなら、ここに置いてやるということだ」

単純明快な言葉が、するりと頭に入ってくる。

……私がナオさんのものになったら……毎日一緒に寝起きして、ご飯を食べて、彼とエッチなことをして……。

ふと浮かんできたはしたない想像に、かあっと顔が火照る。

ナオさんは私のことを愛しているわけじゃない。ただ都合がいいから、愛人にしたいと言っているだけ。それなのに、私は彼に抱かれることをいやだとは思わなかった。

胸の鼓動が一層せわしなくなり、身体の中の熱がぐんぐん上がっていく。この前みたいに私に触れて、抱き締めてほしい。もっともっとナオさんに近づきたい、離れたくない。

心の底から、剥き出しの気持ちが溢れ出す。今まであまり意識していなかった本音に気づいた瞬間、まるで目隠しを外された時のように、パッと自分の気持ちが見えた。

どうしよう。私、ナオさんが好き。

普通っぽくない悪そうな見た目に、ぶっきらぼうで冷たい態度。失礼なこともいっぱい言う。だけど、ちょっと不器用で、実はわりと親切で、わかりにくい優しさを持ってる。

私は、そんな彼を好きになってしまったらしい。

「……いい、です」

「ん？」

「私、ナオさんの愛人になります」

照れくさいような、恥ずかしいような感情が湧いてきて、声が震える。答えている内容は全然違うのに、彼への想いを伝えているような気持ちになった。

私の返事を聞いたナオさんは、少し難しい顔をして自分の顎を撫でる。

「本当にわかって言っているのか？　好きでもない男とヤるんだぞ。お前、処女なんだろう？」

ナオさんらしくない気遣いに、思わずプッと噴き出してしまう。

「愛人になれって言ったのはナオさんの方なのに、私が受け入れたら止めるんですか？」

クスクスと笑いながら指摘すると、彼は口をへの字にしてサッと視線をそらした。

「ふん。あとになって騒がれたら、面倒だからな」

やっぱり、ナオさんは優しい。

たとえ利害関係で結ばれた愛人だとしても、彼の傍にいられることが嬉しくて幸せだと思えた。

「そんなことしません」

……だって、私はあなたが好きだから。

ナオさんの顔を見つめて、そっと微笑む。私の視線に気づいて目線を戻した彼は、今にも燃え上がりそうなほどの熱情を、その瞳に浮かべていた。

見つめ合った次の瞬間には、仰向けに押し倒されていた。

飛びかかられたと言ってもおかしくないくらいの勢いだったから、頭がクラクラして視界が揺れる。何度かまばたきをして焦点を合わせた時には、シャツを半分脱がされ、鎖骨の上を舐められていた。

まだ酔いが醒めきっていないせいか、ナオさんの舌を冷たく感じる。柔らかく濡れた舌先が肌をなぞるたびに、ぞわぞわと寒気のような感覚が湧き上がり、私は小刻みに身体を震わせた。

「あ……はぁ、ん……」

吐息と一緒に、媚びるような喘ぎが漏れてしまう。前にナオさんから「感じてくると自然に声が出る」ものだと教えられたけど、恥ずかしくて居たたまれない。

ほろ酔いの身体に淡い快感を注ぎ込まれ、だんだんぼーっとしてくる。気持ちよくて、好きな人と触れ合っていることが嬉しくて……ナオさんに流されかけた私は、彼の手が胸の膨らみに触れたことでハッと目を見開いた。

「ちょっ、だめ！　だめですっ！」

私に覆い被さるナオさんの肩を掴んで、思いきり押し返す。

しぶしぶ顔を上げた彼は、物凄く不機嫌な表情をしていた。

「なんだよ。今更いやだとか言うんじゃないだろうな？」

ひえっ、怖い……!!

お腹に響くような低い声で凄まれ、ギュッと身がこわばる。私はナオさんから目をそらさずに、素早く首を横に振った。

「ち、違い、ます。先にお風呂を……」

ナオさんの愛人になると決めた以上、彼がすることに逆らうつもりはないけど、前回の時のように、お風呂にも入らないままコトに及ぶのは避けたい。干物っぽくて魅力的じゃない私だって、好きな人に抱かれる時くらい綺麗でいたかった。

私の想いが伝わるように、上目遣いでじっとナオさんを見つめる。彼は眉間に皺を寄せて私を見下ろしていたけど、やがて大きく溜息をついて顔をそらした。


私が身を清めている間、ナオさんには待っていてもらうつもりだったけど、彼は問答無用で私を洗面所スペースへと引き摺っていき、服を全て剝ぎ取った。

続けて自分の服を脱ぎ捨て、私のものと一緒に洗濯機へ放り込む。

女の私とは違う、どこもかしこも筋肉質で引き締まった彼の身体。おそらく荒っぽい仕事をしているだけあって、その身は見事に鍛え上げられていた。

どうしてかはよくわからないけど、ナオさんを見ているだけでお腹の奥が熱くなってくる。自身の謎の反応にオロオロしているうちに、私はバスルームへと連れ込まれた。

いきなりシャワーをかけられ、壁に背中を押しつけられる。驚いて顔を上げた瞬間、唇を塞がれた。

「んっ、ふ、ぅ⁉」

一体何が起きたのかわからずに、目を見開いて呻く。少しして、自分がキスをされているのだと気づいた。

ナオさんは喰らいつくみたいに口を押しつけてきて、少し離しては、私の唇を舐め、軽く食む。

初めてのキスに緊張しすぎな私が、口を固く閉じて震えていると、彼は唇を触れ合わせたまま、プッと小さく噴き出した。

「お前、キスだけでガチガチだな。まさか全部未経験なのか？」

どことなくからかうような問いかけに、思わずムッとする。

実際、ナオさんが言う通り、今まで誰かと付き合ったり、キスしたりすることはなかった。この前、家賃代わりに彼とエッチなことをしたのが最初だ。

そもそも美人じゃない上、性格が凄くいいとも言えないし、以前、ナオさんから指摘されたように、女としての魅力も足りない。普通に生活するだけで精一杯だったのもあって、誰かと交際したいとさえ思わなかった。

別に悪いことじゃないと思うけど、自分の経験のなさが今更みっともなく感じてしまう。

「い、いけませんか⁉」

パッと顔を引いた私は、恥ずかしさをごまかすように声を張り上げる。

ナオさんは食ってかかる私を見下ろし、なぜか満足そうにニイッと口の端を引いた。

「いいや。何も知らないお前を、俺好みに躾(しつ)けるのは悪くない」

ぐっと彼の色気が増す。狭いバスルームに充満する、いやらしい雰囲気に当てられた私は、何も答えられずにぶるりと身を震わせた。

……私の身体も心も、彼専用にされてしまうの？

改めてナオさんの言葉を噛み締め、唾を呑み込む。私の人権をまるで無視した言いようだけど、それはひどく淫靡(いんび)で魅力的に思えた。

「ナオさん……」

本能的に彼を見つめ、名前を口にする。

彼は私の声に応えるように、また顔を寄せてきた。

「いいか、まずは抵抗をするな。力を抜いて、俺に任せろ。キスも、セックスも、全部ちゃんと教えてやる」

息のかかりそうな距離でそう囁(ささや)いたナオさんは「呼吸は鼻で」とつけ足してから、そっと唇を重ねる。

さっきの噛みつくみたいな口づけとは、まるで違うやり方に、胸の内がふわりと温かくなった。

きっとナオさんは、私がキスに不慣れだと知って、手加減してくれているんだろう。やっぱり優しい人だ。

啄（ついば）むように何度も口づけられ、だんだんぼうっとしてくる。柔らかく唇を吸われるのが、うっとりするほど気持ちいい。

もっとナオさんに近づいて触れたい。同じように私にも触れてほしい。

無意識に腕を伸ばして、彼の背中を抱き締めると、自然に乳房を押しつける形になった。胸の先がナオさんの肌に擦れて、ピリッと痺れる。突然の甘い刺激に驚いて身を引こうとしたけど、先回りした彼が更に身を寄せてきた。

壁とナオさんの身体に挟まれて、身動きができない。押し潰されている胸の中心が、ジンジンしだした。

苦しいような、もどかしいような感じがするのに、気持ちいいとも思う。

鎮まる気配のない胸の鼓動につられて、はあっと吐息をこぼすと、僅かに開いた唇の間から、ぬるりとした何かが入ってきた。

「んんっ！」

とっさに驚いて声を上げる。

ぬめぬめして、柔らかくて、芯があり、器用に動くもの。それがナオさんの舌だと気づいた私は、軽くパニックを起こした。まさか、口の中まで舐められるとは思っていなかっ

たから。

慌てて顔を背けようとしたけど「許さない」とでも言うように、ナオさんの手で後頭部を押さえられた。

彼は私の口に深く舌を挿し入れて粘膜を舐め、歯をなぞり、最後に舌と舌を擦り合わせる。

二人の唾液が混じり合い、ピチャピチャと水音が立つ。舌の表面を撫でるように刺激されるだけで、ゾクゾクした震えが腰の辺りから湧き上がった。

ただ唇を触れ合わせるのも気持ちいいけど、舌を絡ませるのは、ナオさんを受け入れているという感じがしてたまらない。

深い部分で繋がっているのだと思えば、嬉しくていやらしくてクラクラした。

夢中でキスを続ける。ふと我に返った時には、ナオさんの太腿で足を開かされていた。

チュッと音を立てて唇を離した彼は、太腿で私の足の付け根を擦り上げる。ほんの少しの刺激なのに、ひどく感じてしまい、腰から下がガクガクと震えた。

「はっ、あ……っ」

「なんだ、キスしただけでイキそうなのか？　本当に感じやすい身体だな」

ナオさんの指摘を受け、私はキュッと唇を噛む。前に彼から「敏感なのはいいことだ」と言われたけど、どうしても恥ずかしくて居たたまれない。

そんな私の複雑な気持ちに気づいていないらしいナオさんは、ぺろりと舌舐めずりをして、耳元に口を寄せてきた。

「お前は何も我慢するな。おかしくなるくらいドロドロに感じて、啼き喚けばいい」

「そんな……」

優しいのか、残酷なのか、よくわからない命令をされ、身をすくませる。

彼は私の耳たぶを軽く噛んで、くくっと低く笑った。

「まあ、我慢したところで無駄ということだが」

「えっ」

どういう意味なのか聞くより早く、ナオさんは空いている方の手で、私の脇腹をサッと撫で上げる。くすぐったいような、気持ちいいような感覚に肌が粟立った。

私が淡い快感に気を取られているうちに、彼は少し身を引いて、手のひらを脇から前へと滑らせる。そのまま下腹部の茂みを抜けて、足の付け根に入り込んだ。

秘部の表面を覆うように当てられた彼の手に、とろりとした液体が纏わりつく。それがただの水でないことは、わかりきっていた。

「まだ何もしていないのに、随分と濡れているな？」

からかい交じりに確認され、私はプルプルと首を左右に振る。自分がエッチな行為に興奮し、続きを期待していることは事実だけど、恥ずかしすぎて認めたくなかった。

ナオさんは何も言わない私を責めるように、手を強く押しつけて秘部を揉み始めた。

柔らかく敏感な皮膚が、彼の手の中で捏ねられ、その奥に隠れた肉芽までなぶられる。直接触れた時みたいな激しさはないけど、甘くもどかしい感覚が広がった。

「んあぁ……っ」

ナオさんの身体にしがみつき、吐息と一緒に喘ぎを漏らす。中途半端な刺激が逆に苦しくて、私はもじもじと腰を揺らした。

思わず「もっと強くしてほしい」と言いそうになり、慌てて言葉を呑み込む。それでも、焦らされるのはやっぱりつらくて……。

「あ、あ……ナオ、さん。だめ……これ、やだぁ」

彼の肩に額を擦りつけるようにして、いやいやと頭を振る。

ナオさんは私の状態に気づいている癖に、わざとらしく「何がだ？」と聞き返してきた。ついさっき彼に「我慢するな」と言われたことが頭をよぎる。きっと私がしてほしいことを口に出すまで、このままいたぶられ続けるのだろう。

本音を伝えるのは恥ずかしい。でも、ぬるま湯のような快感を与えられ続けるのは苦しい。普段は優しいところもあるナオさんだけど、エッチなことに関しては、本当にいじわるだ。

どうしたらいいのかわからない私は、彼の手に翻弄され、ただ身体を震わせる。

ナオさんは少しずつ愛撫を強くしていき、私の中の快感が限界を超えそうになったところで、スッと手を引いた。

「う、あぁ、嘘っ⁉」

信じられない事態に、目を見開く。まさかここにきて刺激を取り上げられてしまうとは思っていなかった。

高められたまま発散できない熱が、身体の内側で荒れ狂う。熱くてつらくて、鎮めてもらえるのなら、いやらしいお願いをすることなんてたいしたことじゃないように思えた。

「あ、いや。ナオさん、熱いの。ジンジン、してて……」

「そうか。では、どこをどうして欲しい？」

初めて聞いた、彼の甘く優しい声。それが淫らな言葉を言わせるための罠だということには気づいていたけど、私はもう我慢ができなかった。

「指、で、擦って……強くして……イカせて、ください」

震えながら、はしたなくねだる。

ナオさんはフッと笑い、秘部の溝を割り開くように指先でなぞった。

すっかり潤んでほどけている割れ目は、抵抗することなく彼を受け入れる。指はゆっくりした速度で奥から手前へとやってきて、襞の隙間に隠された花芽を捕らえた。

「んっ！」

ピリッとした痺れが走り、反射的に息を呑む。しっかり濡れているのと、先に外側から軽く愛撫されたせいか、痛いとは思わなかった。

私はナオさんの首元に頬をもたれさせて、はあっと息を吐く。凄く気持ちいい。やっと望んでいた快感を与えられ、全身が悦びに震えていた。

彼の指が、しこった突起を擦り、捏ねて、弾く。何をされても痛みは感じない。代わりにひどく甘い感覚が響いて、身体がビクビクと跳ねた。

「ああっ、あ、ぁ、ナオ、さぁん……っ」

目一杯の力で彼に縋り、喘ぎを上げる。二人の動きで乳首が擦れて、ますます昂(たかぶ)っていく。

ナオさんは親指の先で花芽をなぶりながら、別の指を割れ目の窪みへ浅く挿し込んできた。

ぴたりと閉じている入り口が、彼の指先でこじ開けられる。快感とは違うビリビリした感覚を覚え、私はぐっと顎をそらした。

「やぁ、痛い」

実際には痛いというよりも熱くて、異物を入れられることへの恐怖感が強い。

そこに男性を受け入れる器官があるのはもちろん知っているし、指を入れられても平気だと頭ではわかっているけど、未知の行為は怖くてたまらなかった。

ナオさんは、私の怯えなんて知ったことじゃないと言わんばかりに、ぐいぐいと指を進めてくる。

「あ、だめぇ、待ってっ……こ、怖い、から」

「大丈夫だ。我慢して諦めろ。お前は敏感だから、すぐに慣れて中にも欲しがるようになる。指一本で音を上げていたら、俺のは一生入らないぞ」

「うう……ひどい……」

「その、ひどい男の愛人になると決めたのは、お前だろうが」

確かに彼の言う通りなんだけど、傲慢な物言いに涙が浮かぶ。

私が泣きそうになっている間も、ナオさんの指は内側を侵食していき、やがて一番奥と思わしき場所を強めに撫でられた。

「あうっ」

ビリビリしてるのに、ぞわぞわする、不思議な感覚。鈍い痛みを感じるのと同時に、身悶えしそうな快感を覚えた。

外の敏感な突起と、内側を同時に擦られる。その瞬間、腰骨の辺りからワッと寒気が湧き上がった。

「は、あっ⁉」

今まで感じたことがない、重くて苦しくて甘い震えが、下腹部に広がる。お腹から下が勝手に張り詰め、ガクガクと痙攣しだした。

何、これ……？

初めての感覚に目を白黒させる。

ナオさんは驚く私に構わず、秘部への愛撫を続けた。

彼は器用に花芽をくすぐりながら、中に埋めた指で内壁を押すように刺激してくる。同時に動かされるとおかしくなりそう。

私の手と足はなすすべなく震えるだけなのに、ナオさんを受け入れている場所は、彼を歓待するようにせわしなく蠢いていた。

「ほら、もう気持ちよくなってきただろう？」

「そんな、わかんな……！」

自分でも白々しいと思いつつ、とっさに首を左右に振ってごまかす。彼の予想通りに快感を得ていると知られるのは、淫乱だと思われそうでいやだった。

ナオさんは私を嘲笑うみたいにフンと鼻を鳴らして、指の動きを速くする。

「お前がどれだけ『違う』と言い張ったって、すぐにわかるんだぞ。女の中は正直だからな。よがっている時はねだるように吸いついてくるし、よくない時はこわばったまま動かない。今のお前は、俺の指をうまそうにしゃぶっているじゃないか」

「やっ！」

私を追い詰めるような鋭い指摘に、ブルブルと頭を振る。事実だけど認めたくない。

頑なな私を見たナオさんは、短く息を吐いて「まあいい」と呟いた。

彼は空いている方の手で、しがみつく私の腕を強引にもぎ離し、肩の上へと導く。続けて「摑まっていろ」と短く命じて、その場にしゃがみ込んだ。

「ナオ、さ……？」

何をするつもりなのかと思い、ナオさんを見つめる。彼は私を見上げて不敵な笑みを浮かべたあと、秘部の茂みへと鼻を寄せた。

「ちょ、やだっ！　に、匂いを嗅ぐ、なんて」

叫びを上げる私を無視して、ナオさんは鼻の頭を下腹に押しつける。

逃げたいけど、すぐ後ろが壁だから、これ以上は下がれない。彼を手で押し退ければいいのかもしれないけど、腕が震えて肩を摑むだけで精一杯だった。

ナオさんはそこから少しずつ顔を下げていき、割れ目の上にチュッと吸いつく。奥の突起を擦っていた指を離して、代わりに舌先をそこに押しつけた。

「ひあぁぁっ！」

指とは違う、柔らかくしなやかな舌が、敏感な芽を包むように刺激してくる。鋭い快感に絶え間なく襲われ、私はあられもない声を吐き出した。

とにかく、ビリビリして我慢できない。痛いのに、ひどく気持ちいい。

一気に胸の鼓動が速まり、体温が上がっていく。私が次に我に返った時には、秘部の芽を吸われながら、彼の指を二本咥え込まされていた。

ついさっきまで内側を触られるのは苦しかったはずなのに、今はただ気持ちいいだけ。ナオさんの言った通りになっているのは少し悔しいけど、快楽に身を委ねているうちにだんだんどうでもいいような気持ちになってきた。

私から溢れ出した蜜のおかげで、少し乱暴にされてもよくなってしまう。狭いバスルーム内に、私の喘ぎと、粘ついた水音が響いていた。

「あ、あ……あぁ——……。あ、だめ、だめ……！」

ナオさんの肩に爪を立てて、ギュッと目を瞑る。瞼を閉じているのに、目の前が白く輝き始めた。

もう、イッちゃう——！

「あっ、んーっ!!」

きつく歯を食い縛った途端、膨張していた感覚がばちんと弾けた。

一瞬息が止まり、こわばりすぎた身体が大きく痙攣する。呼吸が戻るのと同時に全身から力が抜けて、ずるずるとその場にしゃがみ込んだ。

まだ中に入っているナオさんの指が、ひどく熱く感じる。彼に縋りつくようにして、朦朧としていると、私の内壁を擦りながら指が抜け出ていった。

「んっ」

抜かれる時にも甘い痺れを感じてしまい、声が漏れる。

ナオさんは私の耳をペロッと舐めて「少し待っていろ」と命じた。

そんなことを言われなくても、全身が震えて動けない。目を開けることさえだるくて、ただ必死で呼吸を繰り返した。

少しの間もぞもぞと身動きしていたナオさんは、私の腰を両手で摑んで、持ち上げようとしてくる。ベッドにでも運んでくれるつもりなのかと思って目を開け、彼を見つめると、熱を帯びたまなざしを返された。

「さっきも言ったが、避妊だけはきちんとするから心配するな」

「え……ひにん……？」

何を言われているのか理解できず、ぼんやりと彼の言葉を繰り返す。

無理やり、膝立ちの姿勢にされた私は足の付け根に触れた塊に驚いて、目を見開いた。

「やっ!?　ナオさ……！」

慌てて周りを確認すると、いつの間にか彼の腰を跨がされていた。自分の身体が邪魔ではっきりわからないけど、今、私の秘部に触れているものは、きっと……。

以前、彼のものを口に咥えさせられた時のことが蘇る。それは硬くて、熱くて、信じられないくらい大きかった。

快感に流され忘れかけていた恐怖が、一気に戻ってきた。

「む、無理っ、無理です！　絶対入らない、裂けちゃう……っ」

「うるさい。騒ぐな。入るようにできているから大丈夫だ。どうやったって最初は痛いことに変わりないから、観念しろ」

ナオさんは横暴で恐ろしい言葉を吐き捨て、私の下腹部に自分のものを押しつけてくる。膝と腕を突っ張り、なんとか抵抗しようとしたけど、彼の力に敵うわけもなく、入り口に先端が入り込んだ。

「ひぐっ！」

指を入れられた時とは比べられないくらい、ビリビリしてつらい。あまりの衝撃に「痛い」と叫ぶこともできなかった。

言葉の代わりに、目から涙が溢れる。ナオさんはまるで宥めるみたいに私の涙を舐め取り、目元に唇を押し当てた。

きっと私の勘違いなんだろうけど、キスに彼の思いやりが込められているような気がして、ふっと恐怖が薄れる。それに合わせて身体の緊張も解け、緩んだ秘部が彼を呑み込んでいった。

「あっ、ふ、ぁ、あ……入って、る……っ」

重力に従い、ナオさんを最奥まで受け入れる。ありえないほど奥深くに彼の先端が触れて、じわりと重だるい痛みを感じた。

ナオさんの上に座り込み、ギュッと抱きつく。杭を穿たれた部分が熱くて苦しくて、腰から下が少しも動かせない。全然、気持ちよくないのに、なぜか胸の鼓動がまた激しくなった。

私の目元から唇を離したナオさんは、熱っぽい吐息をこぼす。彼は私のお尻の方から手を伸ばして、繋がっている場所をそっと指でなぞった。

「んっ」

気持ちいいわけじゃないけど、敏感なところを触られ、思わず震えてしまう。

ナオさんはその手を戻して、私が見える位置にかざした。

「ほら、見てみろ」

「え……」

彼に促され、顔を上げる。目を向けた先にある指が、薄らと赤く染まっていた。

「お前が俺のものになった証拠だ」

「なっ！」

慌てて顔を背ける。

初めてエッチをした時に秘部から出血することがある、というのは、昔どこかで聞いて知っていた。でも、それをわざわざ見せつけるなんて……！

「そ、そんなの、見せないでください」

ナオさんと一つになれたことは嬉しいけど、それを目で確認したいとは思わない。いやがる私を見た彼は、軽く首をかしげてから、濡れた指を自分の口に近づけた。

嘘、まさか……。

ハッとして止めようとしたけど間に合わず、ナオさんは私の血がついた指を舐めてしまった。

「ちょ、やだ！　なんで舐めるんですかっ」

「は？　いいだろう、別に」

ナオさんは私の質問には答えないまま、眉根を寄せる。

そんなものを口に入れるなんて、いやらしすぎるし、汚いような気もするからやめてほしい。

恥ずかしくてそわそわしていると、彼の手で後頭部をぐっと摑まれた。

「おい。いいか、お前は俺の愛人だ。つまり、全部俺のものだ。破瓜の血を舐めたくらいで、ごちゃごちゃ言われる筋合いはない」

間近で睨まれ、背中がゾクッとする。

ヤクザっぽいナオさんはやっぱり怖い。それなのに、私は今の彼の言葉に胸を高鳴らせていた。

私の心と身体、流した血さえも、ナオさんは渡さないと言う。

愛の言葉を囁くよりも、深い執着に聞こえる。その感情が、ただの戯れだと知っていてなお、彼に想いを寄せられていると錯覚しそうになった。

心臓がドキドキするのにつられて、秘部の内側がまたうねり始める。強引に開かれたせいで、そこはまだ痛みを訴えていたけど、淡い快感のようなものも覚えた。

凄く痛いのに……少しだけ気持ちいい……？

身体の反応に流され、濡れた目でナオさんの顔を覗き込む。

まぶしい光を感じた時のように目を細めた彼は、優しく触れるだけのキスをくれた。

「……琴子がよくなるように動いてみろ」

「そう、言われても……」

初めてのことで、どうしたらいいのかわからない。困り果ててナオさんを見つめると、彼は少し考えるようにしてから、上半身を後ろに引いた。

しっかりとくっついていた肌が離れ、二人の間に僅かな空間ができる。

ナオさんは私の頭を摑んでいた手を放して、片方の乳房をぐいっと持ち上げた。

「はぁんっ」

下半身が繫がっているせいか、ちょっと触れられただけでも過剰に反応してしまう。敏感になりすぎた肌は一気に粟立ち、すぐに汗が浮かんだ。

ぐるりと円を描くように膨らみを撫でたナオさんは、もう一方の手を私の秘部に近づける。開いたままの割れ目に指を挿し入れ、奥で震える突起を優しく擦り上げた。

「ひっ！」

鋭い快感で、大きく仰け反る。

バスルームの天井に顔を向け、震えていると、ナオさんが私の首元をべろりと舐めた。

「気持ちいいだろう？　俺を咥えたままでもよくなれるように、自分で動いてみるといい。こんなふうに手で弄ってもいいし、腰を押しつけて自分を慰めても構わないぞ」

そんなことを言われても、恥ずかしくてすぐにはできない。

ためらう私に苛立ったのか、ナオさんは秘部に当てていた手を腰に回して、私の身体を強引に揺さぶった。

「ひあぁっ！」

激しい動きじゃないのに、ビリビリした感覚が響く。彼のもので中を押される痛みと、外の敏感な芽を擦られる快感が同時に襲ってきて、目の前に星が飛んだ。

「ああ、これ、だめぇ……」

「何がだめなんだ？　こんなに俺を締めつけている癖に」

ナオさんは私の舌足らずな喘ぎを、ハッと嘲笑う。

続けて何度も揺らされて、意識がぼーっとしてくる。少しずつ痛みよりも気持ちよさが強くなり、気づいた時には自分で下半身を動かしていた。

「いやぁ……痛い、のに、気持ちぃ……なんで……!?」

「だから、女の身体は、男を受け入れるようにできているんだ」

少し呆れたようなナオさんの声が、私の戸惑いを吹き飛ばす。ただ快楽だけを求めて大きく腰を揺らすと、卑猥な水音と同時に甘苦しい感覚が湧き上がった。

「あ、あ、ナオ、さん。もっと……もっと、よく、して……っ」

熱に浮かされ、涙をこぼしながら、あられもなくねだる。

ナオさんは僅かに目を瞠ったあと「最後までついてこいよ」と呟き、にやりと口の端を上げた。

すかさず彼の両手で脇腹を掴まれ、身体を持ち上げられる。

「あんっ！」

中に埋められたものがずるりと抜け出ていく。生々しい感触に、身体がビクビク震えた。

私から彼のものが抜けきる前に、ナオさんは手の力を緩める。重力に従って下がった身体に、また楔（くさび）が突き刺さった。

「あ――……」

内壁を硬くたくましいもので擦られ、悲鳴を上げる。とにかくジンジンして、もうわけがわからない。激しい呼吸のせいで閉じられない口から、涎（よだれ）が滴り落ちた。

ナオさんは繰り返し私を持ち上げて落とす。何回そうされたのか覚えていられなくなった頃、彼は私の濡れた口元を拭うように舐め取った。

「そろそろ、痛みは消えただろう?」

「ん、ぁ、わかん、ない……中、熱い。凄い、の……」

力なく頭を振って、自分の状態を伝える。

私のたどたどしい答えを聞いたナオさんは、クッと喉を鳴らした。

「もう遠慮はいらないな」

え……?

独り言のような彼の呟きに、内心で首を捻る。

覚束(おぼつか)ない頭で言葉の意味と答えを探しているうちに、ナオさんは私の太腿をかかえ上げるようにして立ち上がった。

「ふあぁっ!?」

突然の浮遊感に驚き、叫び声を上げる。私は反射的に、ナオさんの首にしがみついた。

「やっ、なん……」

「ベッドへ行くから、抱きついていろ」

信じられない宣言に目を剝く。

お風呂に入ったと言っても、軽くシャワーをかけただけでまだ洗ってもいないし、二人ともびしょ濡れだし、それに……浅くだけど彼が中に入ったままだった。

私が「いやだ」と伝える間もなく、ナオさんはさっさと歩きだす。彼は少しだけ開いていたバスルームのドアに爪先を引っかけ、蹴り開けた。

迷いのない足取りが強い振動となって、私の内側に響く。落とされるかもしれない恐怖と緊張、鈍い痛み、快感が混じり合い、なけなしの理性を焦がした。

バスルームからベッドまでは、ほんの数メートルの距離なのに、ひどく長く感じる。永遠に思えた時間のあと、やっとベッドに下ろされた私は、息も絶え絶えになっていた。

下半身を繋いだ状態で私に覆い被さったナオさんは「まだ寝るな」と命令して、大きく腰を引く。彼自身が抜けるぎりぎりのところで一度止まり、勢いよく戻ってきた。

「ひっ!!」

叩きつけるようにねじ込まれ、声が裏返る。そこから間髪を容れずに激しい抽送が始まった。

ナオさんは、さっき「遠慮しない」と言った通りに、荒々しく私の中を抉ってくる。繋がっているのは一部分だけなのに、全身を揺さぶられ暴かれているような錯覚に陥った。

太くて硬い楔が敏感な内壁を擦り上げ、染み出た蜜を掻き出しながら抜けていく。二人の肌がぶつかる音に、粘ついた水音が合わさり、そこに私の喘ぎが重なった。

「あ、あ、ぁ、あっ、ん、あ、はぁっ」

身体の奥を突かれるたびに、開けたままの口から声が漏れ出る。

ナオさんを受け入れている部分は熱く痺れてつらいけど、それを覆い隠すほどの快感に襲われ、私はガクガクと身体を震わせた。

いや、気持ちよくて、おかしくなる……っ。ナオさん、助けて……！

狂おしい感覚をやり過ごそうと、目の前の大きな身体に夢中でしがみつく。ナオさんの濡れた背に爪を立て、大きく仰け反った私は激しい快感に悲鳴を上げた。

すかさずキスで口を塞がれる。さすがにうるさいと思われたのかもしれない。

「っふ、う、んんん――っ!!」

唇を触れ合わせながらも止まらない律動に、呻き声を上げた。

全身が快感に支配され、どこもかしこも痙攣している。気持ちよすぎて身体が壊れてしまいそう。

だめ。もう無理――……！

心の中で弱音を吐いた途端に、強く身体がこわばり、続けて力が抜けていく。まるで私の限界に合わせたように、最奥でナオさんのものがビクンと大きく跳ねた。

骨が折れるんじゃないかと思うほど、きつく抱きすくめられる。たぶん今、彼はイッたんだろうけど、それを確かめる余裕が私には残っていなかった。

混濁した意識が、散り散りになって消えていく。

「寝るな」という彼の命令を守れないことに、少しだけ罪悪感を覚えたけど、結局何もできないまま、私は闇に落ちていった。

3　愛人の心得

　仕事着の白いシャツと黒のパンツを身に着けた私は、更衣室に備えつけられた姿見を覗き込み、大きくうなずく。

　汚れやゴミはついていないし、着崩れもなし。髪もきちんと纏まってる。職場が薄暗いバーだからといって、身だしなみに手を抜くわけにはいかない。

　大鹿さんのお店で働き始めてやっと一ヶ月。スタッフとしてまだまだ半人前だからこそ、見た目はきちんと整えたかった。

　私は鏡に背を向けて後ろも確認したあと、近くのハンガーにかけられた黒のエプロンを手に取る。

　バーテンダーの制服はベストを着用することが多いそうだけど、見習いで裏方の仕事が多い私には、汚れを防ぐためのエプロンが支給されていた。

エプロンを着けて、もう一度、鏡を眺めてから、更衣室をあとにする。

途中で掃除用のモップを出して、お店の方に出ると、カウンターの中で大鹿さんが先に開店準備を始めていた。

「大鹿さん、おはようございます！」

できるだけ元気に聞こえるよう、声を張って挨拶をする。

今は夕方の五時だけど、たとえ何時でも出勤して最初の挨拶は「おはようございます」というのが、サービス業では定番らしい。

ちょっと驚いたように肩を跳ね上げた大鹿さんは、私の姿を見つけて目を細めた。

「やあ、琴ちゃん。今日も気合いが入ってんねー」

「はい！　私、やる気と元気だけが取り柄ですから。……って、それくらいしか自慢できるところがないんですけど」

自分でも微妙だと思う長所を挙げ、へらりと笑う。

大鹿さんは「ははは」と明るい笑い声を立てながら、首を横に振った。

「それが一番大事なんだよ。元気で前向きじゃなきゃ、お客さんを楽しませることなんてできないからね。琴ちゃんはサービス業、向いてると思う」

「ありがとうございます……！」

予想外に褒められたことが照れくさくて、ぽうっと頬が火照る。今まで散々、就活に失敗してきた私には、これ以上ないくらいに嬉しい言葉だ。

少しの間、モップを抱き締めるようにして喜びに浸っていると、早々に準備を終えた大鹿さんがフッと短く息を吐いた。

「お世辞とかじゃなく、琴ちゃんがきてくれて大助かりだよ。上の店に取られなくて、本当によかった」

大鹿さんが言う「上の店」とは、このビルの一階と二階に入っている風俗店だ。

「ん、あれ？　私あそこで働こうとしてたこと、話しましたっけ？」

うろ覚えな記憶を辿るために、大きく首をかしげる。

私がお金に困っている理由と、どうしてナオさんに拾われたのかについては、大鹿さんに説明していなかったはずだ。当然、風俗嬢になろうとしていたことも。

質問を向けられた大鹿さんは笑みを湛えたまま、もう一度、首を横に振った。

「ううん。琴ちゃんからは聞いてない。でも同じビルに入っているテナントだから、そういうの伝わってくるんだよね。今頃、向こうの店長、きっと悔しがってるよ」

大鹿さんはそう言って、少しいじわるな顔をする。

私のことをそこまでよく思ってくれているのは嬉しいけど、採用しなかった相手など、向こうは興味ないだろう。

私は苦笑いをして、肩をすくめた。

「それは……どうでしょうねー。私、女としての魅力が足りないらしくて、面接もあっさり断られちゃいましたし」

できるだけ愚痴っぽくならないように、軽い調子で話す。

私の説明を聞いた大鹿さんは、あからさまにぎょっとした。

「え、それ、あの店で言われたの？」

「いいえ。面接では理由もなくいきなり断られたので。私が色っぽくないって言ったのは、えと、その……」

「ああ、ゴウさん？」

大鹿さんが先回りしてくれたので、私はカクカクと首を縦に振る。

別に、大鹿さんには、私がナオさんと偽名で呼んでいると知られても構わないのだけど、本名を明かしてもらえない程度の関係なのだという事実を、改めて突きつけられるのがいやだった。

私の答えに表情を失くした大鹿さんは、次の瞬間、盛大に噴き出した。

「ぶはっ……！　マジかよー。あのゴウさんが、嘘ついてまで女引き止めるとか、信じらんねーー！」

大鹿さんは初めて会った時と同じに、ちょっとチャラい言葉を吐き出し、お腹を押さえてゲラゲラ笑っている。

一体、何がそんなに面白いのだろうか。

……同居している相手にまで、魅力的でないと言われる私が滑稽なの？　でも、リオさんの「嘘」って？

わからないことだらけで、どうしたらいいのかと困ってしまう。

モップを抱いたまま、ぼんやり大鹿さんを見ていると、彼は笑いすぎで派手に咳き込んだあと、場を仕切り直すように深呼吸をした。

「はー……いきなり笑ってごめんね、琴ちゃん。きみの魅力が足りないって言ったのは、たぶん、いや絶対にゴウさんの嘘だよ。今だって充分に可愛いしさ」

「ええっ、嘘!?　なんでそんなことを……」

意外な答えに、思わず聞き返す。

大鹿さんは私に向けて、パチッと片目を瞑ったあと、当然のようにうなずいた。

「そりゃ、気に入ってる女が風俗店で働くって言い出したら、普通は止めるよねー。ゴウさんは素直じゃないから、適当な理由をつけて琴ちゃんに諦めさせようとしたんでしょ」

確かにナオさんはかなり捻くれてると思うし、おしゃべりな方でもない。だけど、大鹿さんの想像はちょっと考えすぎな気がする。

「……でも、そう言われたのはほとんど初対面の時なんですよ。それに、実際の面接で不採用になってるんだから、嘘とは言えないんじゃないかと」

自分が干物っぽいと認めるのは情けないことだけど、仕方ない。

私の説明を聞いた大鹿さんは、意外そうに眉を上げて「ああ、なるほどねぇ」と呟いた。

「もしかして琴ちゃんて、ゴウさんが何をしてる人か知らないの？」

大鹿さんの鋭い指摘に、ギクッと身がこわばる。

同じ部屋で暮らし、愛人として身体を重ねていても、ナオさんは本当の意味で私を信用していない。もちろんそれは最初から理解しているし、納得もしていたはずだけど、彼への想いに気づいた今となっては、つらいばかりだった。

「あ……はい。そういうのは、詮索するなって、言われてて……」

答える声がだんだん尻すぼみになっていく。

大鹿さんは右手の親指で自分の唇を撫で、何かを考え込むように眉根を寄せた。

「んー、まあ、詳しく知らない方が危なくないのかな。……とにかく、ゴウさんはこの辺の店に顔が利くんだよ。土地や建物の管理みたいなことをしてるからね」

ナオさんがこの辺りの管理をしていることは、前に本人からも聞いている。しかし、深入りすると危険だという話は初耳だった。

やっぱり、ナオさんは何か後ろ暗い仕事をしているらしい。薄々気づいていたから、今更、驚いたり幻滅したりはしないけど……。

私がうなずいてみせると、大鹿さんはまたにっこりと笑った。

「つまりさ。ゴウさんが囲ってる女を雇う風俗店なんて、この辺にあるわけないんだよね。あの人の機嫌を損ねたら大変だもん。理由もなく不採用になって当然だよ。上の店ならそういう情報伝わるの早いはずだし、琴ちゃんの魅力が足りないとかいう問題じゃないんだなーこれが」

なんでもないことのように衝撃の事実を知らされ、唖然としてしまう。何も考えずに、ただナオさんを頼ったけど、その時点で風俗嬢になる道は断たれていたらしい。

ほんのちょっとだけ、もやっとする。

できるだけお給料が高いところを選んだだけで、どうしても風俗嬢になりたかったというわけじゃないし、今はちゃんと就職できたからいいんだけど、騙されたような気持ちになった。

私が微妙な表情をしていることに気づいたのか、大鹿さんがパチンと両手を打ち合わせた。

「さて、無駄話はここまでにして、急いで準備しよう。お客さんを待たせちゃいけないからね」

ハッとして自分の腕時計を確認する。気づかないうちに結構長く話し込んでいたようで、開店時間が迫っていた。

「わあ、すみませんっ。急いで準備します！」

私は声を張り上げ、大慌てで床のモップがけを始める。

カウンターの向こうで苦笑いをした大鹿さんが「開店と同時にくる人なんていないから焦らないで。怪我しないようにね」と優しく声をかけてくれた。

大鹿さんが経営している「Bar Mond」は、基本のカクテルに、地元メーカーが作る生ビールと、六種類のドイツビール、ソーセージやハム、チーズなどのおつまみが楽しめるお店だ。

オープン当初は普通のカクテルバーだったらしいけど、元々ドイツビールが好きだという大鹿さんの好みと、お客さんからの「お腹に溜まるメニューが欲しい」という要望で、今の居酒屋に近いスタイルに落ち着いたという。

風俗店街の地下にあって、目立たないせいか、いわゆる一見さんはほとんどいない。近くのお店で働くお姉さんやスタッフの人たちが、休憩の時の食事代わりにきたり、仕事明けに立ち寄ったり、あるいはキャバ嬢の店外デートに使われたり、と常連さんばかりだ。

大鹿さん同様に、お客さんたちも気のいい人が多くて、私もすぐに馴染むことができた。

今の私の主な仕事は、生ビールをサーブすることと、おつまみを作ること、そしてそれをテーブル席に運ぶこと。

一応、バーテンダー見習いとして雇ってもらっているけど、まずはお店に慣れるために、裏方の仕事を任されていた。

「琴ちゃん、ソーセージ二皿に、ハムとチーズの盛り合わせ、お願い」

カウンターに立つ大鹿さんが、奥の厨房にいる私に向かって、注文票を差し出してくる。私はそれを受け取り、うなずいた。

「はい。わかりました」

作業台の定位置に注文票を並べ、後ろの冷蔵庫の上段からチーズを取り出す。続けて、下段に入れてあるソーセージとカット済みのハムを手に取った。これは大鹿さんが地元の精肉店と契約して、特別に作ってもらっているものなのだそうだ。

いつも適温にしてあるお湯にソーセージを落として、タイマーをセットする。ボイルが終わるまでの時間で、ハムをお皿に並べ、その横にチーズを広げた。

あらかじめピンが刺してあるオリーブの実を二つ、お皿の隅に添える。全体に軽く黒胡椒を振って、ハムとチーズの盛り合わせの完成だ。

大鹿さんに声をかけてから、お客さんのところへ運ぶ。

すぐに厨房に取って返すと、ちょうどソーセージが茹(ゆ)で上がったところだった。

あつあつのソーセージを三本ずつお皿に載せて、端に粒マスタードを絞る。飾りのパセリを添えたら、こちらもできあがり。

ソーセージからの熱でお皿もあつあつだから、これはトレーに載せて運ぶ。入り口近くのテーブル席に持っていくと、週に一度はきてくれている女性が嬉しそうに目を細めた。

「ありがとう」

「こちらこそ、いつもご来店ありがとうございます。お待たせいたしました、ボイルソーセージでございます」

わざとらしくない程度に微笑んで、ソーセージのお皿とフォークをテーブルに置く。

チェーンの居酒屋のように大げさな感謝をしないのは、大鹿さんのこだわりというか、このお店の雰囲気作りのためだ。

立地のせいもありここにくる大半のお客さんは、風俗店に勤めている。酔ったお客さんの相手や、性的なサービスを行うというのは、やはり重労働らしい。

大鹿さんは、そんな身も心も疲れきった人たちに、ひとときの癒しを提供したいと考えていた。

おいしいお酒とおつまみ、静かすぎず騒がしいまではいかない店内、自然体の接客……お客さんの居心地のよさを追求し続ける、大鹿さんの姿勢を見た時、私は目から鱗(うろこ)が落ちたように感じた。

今まで私にとっての仕事とは、単にお金を得るための手段だった。

与えられた業務をこなし、規定のお給料をもらう。おばあちゃんの生活を守るために必死だったから、仕方なかったのかもしれないけど、自分がしている仕事を誇りに思ったことなんてなかった。

過去の自分を振り返り、少しだけ恥ずかしくなる。

もちろん、おばあちゃんのためにしてきたことは、何一つ後悔していない。ただ同じように働くとしても、もっと仕事の内容を理解して、前向きに取り組めばよかった。

きっと、私の就活が失敗続きだったのも、本当の意味でのやる気が足りていなかったからなんだろう。

私はお客さんに「ごゆっくりどうぞ」と声をかけてから、カウンターへと向き直る。そこに立ち、カクテルを作る大鹿さんを見つめて、ほうっと息を吐いた。

大鹿さんはプライベートの時のチャラさなんて微塵も出さずに、紳士的な態度でお客さんに対応している。その姿はまさにプロフェッショナルだ。

私はそんな大鹿さんに感動し、すっかり彼を尊敬していた。

いつか私もあんなふうになりたい。私が作るお酒で、誰かを幸せにしてみたい……。

おばあちゃんのために働くことはこの先も変わらないけど、自分自身のためにも今の仕事をがんばろうと心に誓った。

少しの時間、大鹿さんを眺めてぼんやりしていた私は、お店の入り口が開けられたことに気づいて、ハッと我に返る。

「いらっしゃいませ」

声をかけながら振り向くと、見知った人が面白くなさそうな顔で立っていた。

「あれ、ナオさん。どうしたんですか？」

「なんだ。俺がここに飲みにきたら、おかしいとでも言うのか？」

不満げな様子で聞き返され、一瞬、言葉に詰まる。事情はさっぱりわからないけど、今日のナオさんは不機嫌らしい。

ついでのように鋭く睨まれて、少しだけ背筋がゾクッとした。

「いえ、珍しいなーと思って。『誘っても全然きてくれない』って大鹿さんがいつもこぼしてますし……あ、カウンターへどうぞ」

空いている方の手を伸ばして、カウンターの奥の席を示す。

短く相槌を打ったナオさんは、渋い顔のまま、スツールにどっかりと腰を下ろした。

……一体、何があったんだろう。今日は昼から外に出ていたようだけど……。

ナオさんのことをよく知らない私には、彼に起きた事態を想像することさえできない。

急にひどい疎外感を感じて、ぐっと寂しさが込み上げた。

最近、こんなふうに落ち込んでしまうことがよくある。

愛人契約をした時にナオさんから『仕事や素性について詮索するな』と条件を出されたけど、毎日のように抱かれ、欲張りになった私は、彼のことが知りたくてたまらなくなっていた。

プルプルと首を横に振って、頭を切り替える。今は仕事中で、ナオさんのことを考える時じゃない。

厨房へ戻るために、店の奥に移動すると、大鹿さんに手招きされた。

「琴ちゃん、ちょっときて」

「はい。追加のオーダーですか？」

てっきりおつまみのオーダーだと思い、注文票を受け取るために手のひらを差し出す。するど、大鹿さんがビアグラスを渡してきた。

「ゴウさんに、ビールをお願い」

「えっ、でも……」

先にビアグラスを受け取ってしまったけど、大鹿さんからの指示に目を瞠る。なぜなら、ナオさんはビールがあまり好きではないのだ。

ザルと言ってもいいほどアルコールに強いナオさんにとって、ビールはお酒を飲んでいるという実感が湧かないものらしい。いつだったか「味は嫌いじゃないが、腹が膨れるばかりでつまらん」と語っていたのを聞いたことがあった。

躊躇する私を見た大鹿さんが、いたずらっぽい笑みを浮かべる。ナオさんと長い付き合いのある大鹿さんは、当然、彼の好みを知っているはずなのに……。

「俺のおごりで一杯だけなら飲んでもいいってさ。琴ちゃんがちゃんと仕事してるとこ、見せてあげなよ」

「あ……」

大鹿さんの言葉に、パッと顔を上げる。

どうやら私の仕事ぶりを伝えるために、大鹿さんがビールを飲むよう勧めて、ナオさんが提案を受けてくれたようだ。

二人の温かい思いが、じんと胸に沁みる。

大鹿さんの気遣いはもちろんありがたいし、私のために好きでもないビールを飲むと言ってくれたナオさんの気持ちが嬉しかった。

「はい。ありがとうございます」

私はぐっと深くうなずいて、ビールサーバーにグラスを当てた。

最近は注ぐのに慣れて、うまくできるようになったと密かに自画自賛していたのだけど、ナオさんのためだと思えば手が震えてしまう。一度ごくりと唾を呑み込んでから、レバーを手前に引いた。

斜めにしたグラスの中を、淡い琥珀色の液体が静かに伝っていく。七分目まで注いだところでレバーを緩めつつ、グラスをまっすぐに立て直した。

次にレバーを奥へと倒す。機械によって作られた細かい泡が、注ぎ口から流れ出し、ビールの表面を覆い隠した。

泡をグラスの縁までこんもりと載せれば、できあがり。

緊張で呼吸を止めていたことに今更気づき、私はそっと息を吐き出した。

ロボットみたいにぎこちない動きで、ナオさんの前に移動する。カウンターにペーパーコースターを敷いて、恐る恐るビールを載せた。

大鹿さんみたいに、サッと格好よく出せないのが情けない。けど、ちょっとでも気を抜いたら、目一杯に盛った泡がこぼれてしまいそう。

「……お待たせいたしました。グラスビールでございます」

ドキドキしすぎて声がかすれる。就職面接の時より胸が苦しい。ナオさんがほんのちょっとでも、おいしいと思ってくれるように、心の中で強く祈った。

ナオさんはあまり興味がなさそうに「ああ」と呟いて、グラスを手に取る。一気に半分ほど呷って、ふうっと息を吐いた。

「香りも口当たりも、悪くはないな」

唇についた泡を親指で拭い取ったナオさんは、独り言のように感想を口にする。

彼の言葉で、私の目の前がパッと開けたような気がした。

「あ……、ありがとうございますっ！」

心の底から喜びが込み上げてきて、思いきり深くおじぎをする。口数が少なく、お世辞なんて言うわけがないナオさんの「悪くない」は、最大級の褒め言葉だ。

私が嬉しさのあまりニヤニヤしていると、彼はつまらなそうにフンと鼻であしらい、ビールを飲み干した。

「別に礼を言われるようなことじゃない。俺は感じたままを言っただけだ。だが、やはりビールは飲んだ気がしないな……次はジンのロックで」

「かしこまりました」

ナオさんが返してきたグラスを受け取り、笑みを返す。

私の仕事を彼に認めてもらえたことが、今は何よりも嬉しかった。


大鹿さんのお店の閉店時間は午前三時だけど、私の勤務は二時で終わりだ。それ以降は大鹿さんが一人で営業していた。

一ヶ月前まではずっと一人だったのだから、問題はないのだろうけど、私だけ早く上がるのはちょっと申しわけないように感じてしまう。特に今日はいつもよりお客さんが多くて、余計に気になった。

「あの……大鹿さん、今日は私も閉店まで残りましょうか？」

ほぼ満席の店内を見渡し、こっそりと問いかける。

間近で私に目を合わせた大鹿さんは、プライベートの時みたいにニカッと笑った。

「大丈夫、大丈夫。あと一時間だし、もうフードはオーダーストップかけちゃうしさ。今日はせっかくゴウさんがきてるんだから、一緒に帰りなよ」

大鹿さんの言葉につられて、ナオさんの方を窺う。度数の強いお酒を何杯も飲んだ彼は、顔色こそ変わっていないものの、据わった目でこちらを見ていた。

ちょっと……じゃなく、かなり目つきが鋭くて怖い。うっかり視線がぶつかってしまい、私は慌てて顔をそらした。

大鹿さんもナオさんのことを見ていたらしく、ふっと苦笑いをして肩をすくめる。

「ほら、ゴウさん凄く帰りたそうにしてるし、部屋まで連れてってあげて。あと、たぶん色々と誤解してるから慰めてあげてね？」

「はい？」

なんのことかわからずに首をかしげる。続けて、どういう意味かを聞こうとしたけど、大鹿さんは口の前に人差し指を立てて、片目を瞑った。

どうやら説明してくれる気はないらしい。理解できないまま、ナオさんと大鹿さんを見比べる。

大鹿さんはクスクスと笑いながら「早く着替えておいで」と言い、私の後ろに回って背中を軽く押してきた。

「ええー……？」

困惑して振り向いた私の視界に、ちらりとナオさんの姿が映る。彼はなぜか、ますます不機嫌そうに顔をしかめていた。

　大鹿さんに見送られ、部屋に戻ったあとも、ナオさんはムッとしたままだった。

　一体、何がそんなに面白くないのか、全然わからない。本当は彼の不機嫌の理由を聞いてみたいけど、また「詮索するな」と叱られそうで怖かった。

　夜食でも作ろうかと冷蔵庫を覗きながら、ナオさんの口元を盗み見る。

　帰ってくるなり吸い始めた煙草が短くなるのを待って、私はそっと彼に近づいた。

「ナオさん、お腹空いてます？　大鹿さんからもらったチーズとハムがあるので、簡単に何か作りましょうか？」

　私は休憩の時に軽く食べたから平気だけど、ナオさんがきちんと夕飯を食べたのかはわからない。バーにいる間はお酒だけを楽しんでいたようだし、小腹が空いていてもおかしくなかった。

　ナオさんはベッドサイドのテーブルへと手を伸ばして、そこにある灰皿に煙草を押しつける。まっすぐな筋を描いていた紫煙(しえん)が、ふっと途切れた。

「お前は、大鹿のことばかりだな」

「え？」

　突然、彼の口から吐き出された言葉に目を瞠る。

……大鹿さんがどうかしたの？　というか、夜食の話をしていたはずなのに、なんで大鹿さんが関係あるんだろう？

急な話題の変化についていけず、僅かな間、ぼんやりする。

ナオさんは長い溜息を吐いて、自分の髪を掻き上げた。

「そんなに大鹿がいいのか？」

「いいって何がですか？　大鹿さんは私を雇ってくれたし、親切な人だと思います。ただちょっとチャラい時がありますけど……」

「ん……ああ。あいつは若い頃、チンピラまがいのヤンキーだったからな。その時の癖が抜けないんだ」

え、嘘⁉

大鹿さんの意外な過去を聞き、跳び上がる。

あんなに仕事に一生懸命な人が、やさぐれていたなんて嘘みたいだ。

まあ常々、風俗店街の中でお店をやっているのには、何か理由があるに違いないと思っていたけど、大鹿さんが元ヤンだということに関係しているのだろうか。

「へえー、そうなんですか。ちょっとびっくりです。今の大鹿さんは明るくて優しいから、荒っぽいこととは無縁に見えるのに」

驚きを隠さず、そのまま声に出す。人に歴史ありとは言うけど予想外すぎる。私がひたすら驚き続けていると、横から伸びてきたナオさんの手で、腕を強く掴まれた。

痛いと声に出す間もなく、問答無用で引き寄せられる。バランスを崩した私は、ベッドに座るナオさんに向かって倒れ込んだ。

力強い彼の腕に抱き留められて、顔を上げる。「危ない」と文句を言うつもりだったけど、息がかかりそうな距離で強いまなざしを向けられ、言葉を呑み込んだ。

見つめ返すのをためらうくらいの、冷たくて鋭い視線。恐怖で寒気を感じながら、妙な胸の高鳴りも覚えて、私はごくりと唾を呑み込んだ。

「ナオさん……?」

「まったく。お前はいつになったら自分の立場を理解するんだろうな？　琴子は誰のものだ？」

苛立っていることがはっきりわかる声で詰問(きつもん)され、唇がわななく。

彼を怒らせるのはいやだし、恐ろしい。それなのに、身体が何かを期待するように火照り、心臓がドキドキしていた。

「ナオさんの、ものです」

震える声を必死で絞り出して答える。

私の返事を聞いたナオさんは僅かに口の端を上げたけど、目つきが冷たいせいか、更に凄みが増したように見えた。

「そう、俺の愛人だ。だが、お前は愛人の心得がわかっていない」

「心得？」

「ああ。愛人というのは、常に主人を最優先するものだ。機嫌を損ねて捨てられないように、細心の注意を払う。主人の前で他の男の話をするなど、以ての外だな」

ナオさんの指摘に言葉を失い、ぽかんとする。

愛人で居続けるために、そんなものが必要だなんて初めて聞いた。

「え、でも、最初に契約した時には、そんなこと言われなかったし……あと、大鹿さんは確かに男の人ですけど、ただの雇い主ですよ？」

私が思わず疑問を口にすると、ナオさんはあからさまに呆れ顔をした。

「……普通は言わなくてもわかるんだよ。それに、相手がどんな立場の奴かは関係ない。誰であったとしても、主人以外の男の話をすることは、浮気を疑われかねないからな」

「浮気⁉」

ありえない疑惑を向けられ、反射的に声を上げる。

目を白黒させる私を見たナオさんは、うんざりだと言わんばかりに長い溜息を吐いた。

「まあ、お前みたいな女が何人もの男を手玉に取るなんて、できるわけがないのはわかっている。だが、何も考えずに男に近づいて、うっかりヤられて絆されそうだしな。俺は女を他の奴と共有するほど悪趣味じゃない」

「んなっ……ひどっ！　私そんなに間抜けじゃないです！」

「は？　お前、初対面の俺にここへ連れ込まれて、いいようにされただろうが。二度目がないと言いきれるのか？」

ナオさんは罪悪感なんてまるでない様子で、自分の悪行を堂々と語り、私を追い詰めてくる。

「あ、あの時は、仕方なかったんです。……風俗店で働こうとするくらい、凄く困ってたし……。今はナオさんの愛人だから、気をつけます」

ぼそぼそと言いわけしながら、当時のことを思い出して顔が火照る。仕事と家を失い、やけっぱちになっていたとはいえ、ナオさんのものを胸に挟んで舐めるなんて、はしたなくて恥ずかしい。

居たたまれない思いでそわそわと視線をさまよわせていると、ナオさんは更に不満そうな様子で口をへの字に曲げた。

「ふん。どうやって気をつけるんだ？　お前、今日も大鹿とベタベタしていたじゃないか。あんなに近づいたら、その気があるように取られても文句は言えないぞ」

「ええっ⁉　ベタベタなんかしてません！　仕事上で近づくことはありますけど、忙しいし、お客さんだっているし、ナオさんが疑うようなことはないですよ。それにもし、何かされそうになったら、ちゃんと逃げるから大丈夫です」

万が一にも、大鹿さんが私に不埒なことをするとは思えないけど、ナオさんの疑念を晴らすために、きっぱりと宣言した。

彼の目を見つめてうなずき、自信があるところを見せる。しかし、ナオさんはまるで信じていない様子で「へえ」と気のない返事をした。

どうしたら彼に安心してもらえるんだろう？

私が大鹿さんに近づかなければいいというのはわかっているけど、それじゃ仕事にならないし……。何度でも「大丈夫」だと言い続けるしかないのかな？

何かいい方法はないかと頭を悩ませる。これといったアイデアが浮かばないことに焦れていると、ナオさんが私を支えるようにして立ち上がった。

「なあ、鬼ごっこをしようぜ」

「ふえっ？」

突然の提案に、私の口からおかしな声が漏れる。

なんで急に……!?　しかも、こんな夜中に大人二人で鬼ごっこをするなんて、冗談だとしても変だ。

ナオさんが何を考えているのかわからず、ただ茫然と見つめる。彼は混乱している私の手を引いて、部屋の西側へと向かった。

隅に置かれたクローゼットの隣に、玄関とは別のドアがある。ナオさんはスラックスのポケットからキーケースを取り出し、その中の鍵でドアを開けた。

ほとんど使っていないせいか、鉄製の蝶番がいやな音を立てて軋む。開いた向こうは暗闇で、湿った夜風が吹き込んできた。

ナオさんは私を連れて外に出ると、また鍵を使ってドアを施錠してしまう。ドアは内鍵がついていない、不思議な造りをしていた。

辺りを見回せば、ここがビルの屋上なのだとわかる。下の通りから届く僅かな光で、転落防止用の柵が見えた。

「ここ、は……」

「見ての通りの屋上だ。このビルの空調設備が置いてあるだけの場所だが、鬼ごっこにはちょうどいいだろう？」

「えっ、本気でやるんですか⁉」

ナオさんの説明で、ハッと我に返る。目を凝らすようにしてじっと見つめると、彼は当然のようにうなずいた。

「琴子は『もし、何かされそうになったら、ちゃんと逃げるから大丈夫』なんだろう？だったら本当に逃げられるか、やってみせろよ」

「そんな……！」

ナオさんが急に鬼ごっこをしたがった理由を知り、サッと蒼褪める。彼を安心させようとして適当にごまかしただけの言葉を、真に受けるとは思わなかった。

私が止めるのも待たずに、ナオさんは「十、数える間に逃げろ」と言い放つ。

今更、拒否することはできないらしい。私は慌てて踵を返して、駆けだした。

ビルの屋上と言ったって空調の室外機が並んでいるから、開けている部分はそう広くない。隠れられそうな場所もなく、私は結局、ナオさんから一番離れたところへ逃げるしかなかった。

格子状になった柵に手のひらを当て、はあっと息を吐く。振り返ってナオさんの位置を確認しようとしたけど、それより早く後ろから抱きつかれた。

「きゃあぁっ！」

驚いて身をよじる。ここには私とナオさんしかいないのだから、抱きついているのは彼のはずなのに怖い。

「やっ！　放して‼」

みっともなく喚いて、ナオさんの腕から逃れようともがく。思いきり力を込めて彼の身体を剝がそうとしたけど、逆に両方の手首を掴まれ、柵に押しつけられた。

「なんだ、あっけないな。本気で抵抗しているのか？」

私の耳元に口を寄せたナオさんが、ククッと笑う。

はっきりとバカにされ、私は唇を噛んだ。

こんなにすぐ捕まるなんて悔しい。しかも一切抗うことができないまま、押さえ込まれてしまった。

ナオさんは私の耳の後ろに唇を押し当て、続けて耳たぶをなぞるように舐め上げる。すぐにゾクゾクした震えが湧き上がり、私はぐっと背中を反らした。

「んっ……ぁ、やめ……っ」

首を横に振っていやだと伝えるけど、ナオさんはやめてくれない。彼は動けない私を嘲笑うように、首筋に吸いついた。

「あ、だめ……ご、ごめんなさい。ナオさん、やめて」

情けなくて格好悪いと思いつつ、泣き言を口にする。必死で力を込めても逃げられないのだから、もうどうにもできない。

なりふり構わず謝ると、ナオさんは顔を上げて溜息を吐いた。

「お前、男が本気になったらどうなるか、わかっていなかったんだろう？」

「う……」

彼からの鋭い指摘で、言葉に詰まる。

そもそも大鹿さんがセクハラのようなことをするわけがないから、ナオさんの心配を単なる取り越し苦労だと考えていたし、まさか男性の力がここまで強いとも思っていなかった。

自分の考えの甘さに気づいて、うなだれる。

何も答えない私の態度をどう取ったのか、ナオさんはまた長い溜息を吐いた。

「さっきは大鹿のことを引き合いに出したが、実際に危ないのはあいつじゃない。あのバーの客はほとんどが常連で、おかしな奴はいないと言っても、所詮は酔っ払いどもだからな。ふざけてお前にちょっかいをかけることもありえるんだぞ」

言い含めるように窘められ、小さくうなずく。本当に彼の言う通りだ。

大鹿さんが私の思うような紳士的な男性だったとしても、お客さんみんながそうだとは限らない。酔った勢いで何かされても、非力な私では防ぎきれないだろう。

ナオさんではない誰かに触られるかもしれない、と想像しただけで、気持ちが悪くてゾッとした。

「……ごめんなさい、ナオさん」

震える声をなんとか絞り出し、もう一度謝る。けど、彼はあっさり「だめだな」と吐き捨てた。

「え!?」

「琴子は危機意識が低すぎる。少し痛い目を見て反省しろ」

ナオさんの無情な言葉に唖然とする。彼の言う「痛い目」が何を指すのかわからないけど、いやな予感しかしない。

「や、やだ。許して」

小さく震えながら、首だけを動かして後ろを振り向く。薄ら涙が浮いた目でナオさんを見つめると、彼の喉仏が大きく上下した。

あ、しまった……！

今更、ナオさんがちょっとサドっぽかったことを思い出す。けど、もう遅い。ただでさえ暗い周囲が、何も見えない真の闇になったように思えた。

後ろにぴたりと張りつく彼の身体の一部が、だんだん熱く張り詰めてきて、私の腰を押し上げる。人の身体とは思えないくらい硬いものの正体と、その原因に思い至った私は、ぎゅっと身を縮めた。

「あ、あ、あのっ、本当に、本気でいやです。ここでするとか、絶対だめっ」

焦りすぎて声が裏返る。

ナオさんは自分のものをわざと擦りつけるようにして「ん」と短く相槌を打った。

「なぜだ？」

「だって、ここ外ですよ？　誰かに見られたらどうするんですか」

「……外と言っても屋上だから、他の奴が上がってくるわけがない。それに、さっき鍵をかけたしな。もしどこかから見られたとしても、お前の反省を促すにはちょうどいいだろう？」

ナオさんは色々とへりくつを並べながら、私の両手首を纏めて片手で摑み直す。そして、空いた方の手でジャケットのポケットを探り、中から小さなロール状のものを取り出した。

それは軽く振っただけでするりと伸びて、幅広の紐に変わる。彼は手慣れた様子でその紐を私の手首に巻きつけ、端についていたストッパーで留めてしまった。

「え、ちょっ⁉　なんですか、これ！」

「ん？　携帯用の結束バンドだ」

ナオさんの淡々とした説明に思わず納得しかける……けど、それどころじゃない。

「どうしてそんなもの持ってるんですかー！」

「結束バンドは、いきなり襲われた時に役立つんだよ。相手を返り討ちにしても殺しちまうわけにはいかないし、手加減したら追いかけてくるだろう？　死なない程度に攻撃して動けなくするというのは、結構手間がかかるからな。こいつで拘束して繋いでおけば面倒くさくない」

さも当然のように説明されたけど、何もかもがおかしい。だいたい、拘束具を持ち歩くほど頻繁に襲われるって、どういうことなの？

驚きすぎて絶句しているうちに、ナオさんは結束バンドを二本使って、私の手を柵に括りつけた。

ハッと我に返り、強引に手を抜こうとしたけど、痛いばかりで拘束は緩まない。

ナオさんは満足そうにフッと笑って、私のシャツのボタンを外し始めた。

「やぁっ！　やだ、やめて！」

ひたすら頭を振って、身をよじる。けど、もがけばもがくほどシャツがはだけていく。

全てのボタンを外し終えたナオさんは、中のインナーとブラを無理やり引き下げ、私の胸の膨らみを露わにした。

まるでタイミングを計ったように強い風が吹いて、乳房をなぶる。いつの間にか汗ばんでいた肌がスッと冷やされ、身震いした。

「あ、あぁ……だめぇ……」

いくら今が深夜で、周りに他人がいないと言っても、外で胸を晒すなんて耐えられない。

恥ずかしさでブルブル震えていると、ナオさんが両方の胸を持ち上げるようにして揉み始めた。

いやで、やめてほしいと思うのに、身体が勝手に反応してしまう。

手のひら全体を使ってゆったりと揺らされ、指の間に先端を挟んで刺激される。二ヶ所を同じようにいたぶられて、どんどん身体の熱が上がっていく。

「いやぁ……ナオさん、やめて……」

息を切らし、力なく首を左右に振る。また滲んできた涙が、目尻を伝い落ちた。

ひどい目に遭わされているというのに興奮する。こんな変態的なシチュエーションに悦んでいる自分が信じられないけど、心臓が痛いほどドキドキして鎮まらない。

ナオさんは両方の乳首を指で引っ張るようにして捏ねつつ、クスクスと笑った。

「この状況でよがるなんて、お前やっぱりマゾだよなあ」

「そんなっ……違い、ます……」

反射的に否定したけど、自分でも正常なのか確信が持てない。

私の返事を鼻で笑ったナオさんは、摘んでいる乳首をぎゅうっと押し潰した。

途端にビリビリした痛みと快感が突き抜け、思いきり仰け反る。

「ああんっ！」

「ここが外だとわかっている癖に、いやらしい声を上げまくって、腰を揺らしているんだから、まるで説得力がないぞ。どうせ下ももうビショビショなんだろう？」

彼の指摘にぎくりと身がこわばる。

胸への刺激が気持ちよくて声が漏れてしまうことも、じっとしていられないことも、スカートの中がやけに冷たくなっていることも、全て事実だった。

でも、恥ずかしすぎて認められない。

何も答えられずにただ震えていると、ナオさんは右手を胸から放して、私の太腿に這わせた。

ただ撫でられるだけで、ひどくゾクゾクする。飛び出しそうな喘ぎを必死で噛み殺しているうちに、ナオさんは私のストッキングを破き、ショーツに触れてきた。

「ひっ！」

彼は感触を確かめるように、クロッチの部分を撫でる。そこは隠しようがないくらいに、いやらしい蜜で湿っていた。

「やっぱりな」

ナオさんは私をからかうように小さく笑う。

その声が、私を「淫乱の変態だ」と責めているように聞こえて、胸が苦しくなった。

「うぅ……ひどい……」

「何がだよ。外で襲われているのに、興奮して濡らしたのはお前自身だ」

まったく彼の言う通りで、何も言い返せない。

私が黙り込んだのを見たナオさんは、もう一度笑ったあと、ショーツの隙間から中に指を入れてきた。

地上の喧騒に掻き消され、秘部を弄る音は聞こえない。けど、雫が滴るほどぐちゃぐちゃに濡れていることは、彼の指の感触でわかった。

ナオさんはためらうことなく割れ目を開き、奥の窪みに指を進めてくる。おそらく人差し指と中指を、纏めて一息に突き立てられた。

「ああっ！」

甘く苦しい感覚が走り抜け、こわばった身体から声が押し出される。

この一ヶ月、私がだめな時以外はほとんど毎日抱かれてきたから、いきなり指を入れられてももう痛くない。それどころか、ちょっと乱暴にされた方が気持ちいいと感じるようになってしまっていた。

勝手に下半身が震え、まるで「もっと」とねだるみたいに内側が収縮する。

ナオさんは私の左胸を揉みしだきながら、秘部に埋めた指を荒っぽく出し入れしだした。リズミカルな指の動きに合わせて、身体がビクビクと跳ね上がる。二本の指で身体の奥を押されるのは気持ちいい。でもそれ以上に引き抜かれる時の感覚は、気が狂いそうなほど甘美なものだった。

快感を与えられて興奮するほど、秘部は蜜を吐き出し、敏感になっていく。そして、敏感になったせいでますます気持ちよくなるという、淫らな連鎖が起きていた。

ショーツだけでは吸い取りきれなくなった蜜が、内股を伝い、足首まで流れ落ちる。まるで粗相をしたみたいに。

外でこんなことをするなんていやなのに、気持ちよくて我慢できない。

興奮しすぎのせいか、軽い眩暈を覚えて目を瞑ると、瞼の裏が急に白んできた。

「あ、だめっ、イク……う、あぁっ、イキそう……っ」

はしたなく腰を揺らしながら、自分の状態をナオさんに伝える。

彼は私の項をべろりと舐めた。

「だめ？　やめてもいいのか？」

「や、やだっ！　そうじゃ、なくて……」

ナオさんに突き放されそうになった私は、慌てて首を左右に振る。こんなぎりぎりの状態で焦らされたら、おかしくなってしまう。

ぽろぽろと涙をこぼし「やめないで」と懇願する。しかし彼は手を止めて、わざとらしくふうっと息を吐いた。

「だが、ここは外だぞ。お前、さっきはしたくないと言っていたじゃないか」

ナオさんの言葉につられて、そろりと瞼を開ける。柵の向こうに隣のビルのシルエットが見えて心臓が大きく震えた。

深夜だからか、ビルには一つも灯りがついていない。でも誰もいないとは言いきれない。もしあそこに人が残っていて、私たちに気づいたとしたら……。

「あ……あ……いやぁ、見られちゃう……のに、我慢、できな……」

「そうだな。琴子がイクところを見られるかもしれない。やっぱり今日はやめておくか」

あっさりとそう言ったナオさんは、私の中に入れた指を引こうとする。私はとっさに足を閉じて、彼の手を挟み込んだ。

「やっ！　……して。このまま、イカせて、ください……！」

みっともなくすすり泣きながら、いやらしい願いを声に出す。心の中で羞恥と欲望が混ざり合い、私を責め苛んでいた。

ナオさんは私の痴態を見てフッと笑うと、足の間にあった手を強引に引き抜く。もう一方の手も胸から放してしまった。

「……嘘」

全ての刺激を取り上げられ、茫然とする。行き場を失った熱が、私の身体の中で激しく渦巻いていた。

ナオさんに縋りついて「続きをしてほしい」と言いたいのに、拘束されているせいで叶わない。

いやだ。イキたい。苦しい……。

絶望的な状況に打ちひしがれ、のろのろと後ろを振り向く。涙でベタベタに濡れた頬を、ナオさんが手のひらで拭ってくれた。

「そんな顔をしなくたって、ちゃんと最後までしてやる。琴子は指よりこれの方が好きだろう？」

「え？」

言われた意味がわからずに、ぼんやりと聞き返す。

ナオさんは低く笑うと、私のショーツのクロッチ部分を脇に寄せ、足の付け根を剝き出しにした。

胸だけでなく、秘部まで晒されている……暗がりで、スカートの中に隠されているといっても、はしたないことには変わりない。

恥ずかしくて、つらくて、気持ちいい。

倒錯的な悦びに浸り、うっとりと吐息を漏らしたところで、割れ目に硬いものが押しつけられた。

いちいち確認しなくても、それが何かはわかる。この一月の間に何度となく私の身体を開いて、快感を教え込んだものだ。

「あ、ナオさん……っ、あ、あ――……」

彼は私の頬に当てていた手をお腹に回し、身体を支えるようにして押し入ってくる。潤いで満たされた内壁は僅かな抵抗もすることなく、最奥まで彼を呑み込んだ。

指の刺激とは比べものにならないくらい重い快感が、下腹部から波紋のように広がる。

自然に息が詰まり、私は溺れているように喘いだ。

ナオさんは私が落ち着くのを待たずに、抽送を始める。勢いよく腰を引いては、叩きつけられ、目の前に火花が飛んだ。

「あ、く、ぅ、あっ、あ、ん、んぁ……!!」

ガクガク震えながら、ただ彼を受け入れる。理性が快感で塗り潰され、何もわからなく

なっていく。

たくましくて熱い彼のもので中の気持ちいい場所を全部擦られて、私は夢中で腰を揺らめかせた。

「あぁっ、もっと、もっと、して……！　あ、あ、気持ちいぃ……っ」

声が裏返り、口の端から涎が垂れ落ちる。

さっき摑み損ねた絶頂が、すぐ目の前に迫っていることに気づいて、ナオさんの下腹部に自分のお尻を押しつけた。

いつもより深い場所に彼が入り込む。奥の奥を突かれると、鈍い痛みと同時に激しい快感が噴き上がった。

勝手に私の中がうねって、彼のものをきつく締めつける。

ぐうっと唸ったナオさんが、私の割れ目に手を伸ばし、敏感な尖りをぐりぐりと捏ね回した。

「いやぁ、そこ、だめぇっ！　あひっ、あ、あぁーっ、イク――……!!」

今まで施された愛撫で膨らみ切っていた肉芽をいたぶられ、一気に限界を超える。

私が悲鳴を上げて白い世界に投げ出されるのと同時に、秘部からサラサラした液体が迸った。

昇り詰めたせいで身体が硬直し、ビクンビクンと大きく跳ねる。その痙攣に合わせて新たな蜜が溢れ、直後に全身から力が抜けた。

自力では立っていられなくなり、ぐらりと身体がかしぐ。

手首を繋がれたままだから、柵に寄りかかるしかない。目を閉じて柵に身を預けようとすると、それより早く、ナオさんが後ろから私を抱きかかえるようにして支えてくれた。

彼は素早く結束バンドのストッパーを外して、私の手首を解放した。

戒められて、いつもより興奮してしまったことは事実だけど、やっぱり拘束されるのは落ち着かない。

動かせるようになった手を見つめて、ほっと息を吐くと、お腹の奥で彼のものがピクッと震えた。

「あ……」

私たち、まだ繋がって……。

今更、羞恥が戻ってきて、顔を伏せる。

ナオさんは自分のジャケットを脱いで足元に落とすと、その上へ私の身体をうつ伏せに倒した。

お尻だけを高く上げた姿勢を取らされ、一層、恥ずかしさが募る。鎮まりかけた熱情がまた燃え上がり、彼を咥えたままの秘部がヒクヒクと震えた。

「あぁ……」

ナオさんがまだ達していないことは、中にあるものの熱さと硬さでわかっている。ここから更に手ひどく苛まれることを予感した私は、ごくりと唾を呑み込んだ。

ナオさんは私の予想通りに両手でお尻を摑み、さっきよりも素早く腰を引いては同じ速度で戻ってくる。

イッた直後の敏感な内側を容赦なくなぶられて、私はあっという間にまた昇り詰めた。

「ひぐっ、ぅ――……ぁっ、――っ！」

まともに声を上げる余裕もなく、立て続けに二度、三度と達してしまう。きつく瞑った両目から生理的な涙が溢れ、ぼたぼたと流れ落ちた。

イキ続けるのは、気持ちよすぎて苦しい。なのに、逃れられない。

私は床に敷かれたジャケットの上に上半身を投げ出し、涙と涎をこぼしながら、ひたすらナオさんからの甘い責め苦を受け止め続けた。

どれくらいの間そうしていたのか、やがて彼は抽送のスピードを緩めて小さく笑った。

「つらいか？」

「ん、ぁ……も、もう、無理ぃ……」

荒い呼吸と喘ぎのせいでかすれる声を振り絞り、浅くうなずく。

全身が心臓になったように錯覚するほど、胸の鼓動が強く響いている。あられもなく晒した乳房と秘部が夜風に吹かれても、身体の熱は冷めることがなかった。

ナオさんのもので苛まれ続けている部分は、いやらしい蜜にまみれていてなお、激しすぎる律動でビリビリと痺れていた。

熱くて痛いのに、その痛みが更に身体を昂らせる。終わりのない快楽に落とされ、私はわけがわからなくなっていた。

ナオさんは笑いを含んだ声で「仕方ないな」と呟いて、ゆっくりと身を引く。張り詰めたままの楔が抜け出ていく刺激で、ビクビクと下半身が震えた。

「はっ、あ……？」

どうして最後までしないうちに彼が離れたのかわからず、混乱する。

もしかして、これで終わりなの？

甘苦しい感覚から解放され、安堵しかけたところで、腰に纏わりついていたスカートを一気に引き下ろされた。

「……え!?」

続けて、ストッキングとショーツを剝ぎ取られる。茫然としているうちに、上半身に着けていたものも脱がされて、裸にされてしまった。

素肌に触れたコンクリートの床材に驚き、息を呑む。僅かに戻ってきた理性で、ここがビルの屋上だったと思い出した。

「やっ！」

力が入らない腕を必死で動かして、恥ずかしい部分を隠そうともがく。けど、後ろから伸びてきたナオさんの手に捕まり、無理やり、身体を引き起こされた。

いつの間にか床に胡坐(あぐら)を掻いていた彼の上に、背中を向けて座らされる。抵抗する間もなく両膝の裏を掴まれて、大きく足を開かれた。

「いやぁっ」

足の付け根を覆い隠すために手を伸ばそうとしたものの、ナオさんの腕が邪魔で届かない。慌てて身をよじって逃げようともしたけど、彼はびくともしなかった。

「あ……いや、こんな……見ない、で……！」

転落防止用の柵の向こう、暗闇に沈んだ隣のビルから、誰かの視線が注がれているような気がして、私は震え上がった。

恐怖と羞恥でこわばった身体を強引に持ち上げられる。さっきまでの行為でグズグズに溶けている秘部に、硬いものが触れた。

嘘……このまま、中に……!?

「い、ぁ、あぁぁっ!!」

これ以上ないくらいに嵩(かさ)を増したナオさんのものが、身体の奥にずぶずぶと押し入ってくる。この状況に打ちのめされた心とは裏腹に、私の内側は彼を受け入れ、先を促すようにせわしなくヒクついた。

ナオさんは小さく笑いながら、私の首筋を舐め、耳たぶを少し強めに噛んだ。

「外でこんな格好をして恥ずかしいよなあ。俺を咥え込んでいるのが丸見えだぞ」

「やめ……ひっ、ひどい、です」

卑猥な指摘に泣き言を漏らし、しゃくり上げる。恥ずかしくてつらくて涙が止まらない
……それなのに、じわじわと快感が湧いてきた。

「ふん、だが気持ちいいだろう？　琴子はひどくした方がいい反応をするからな。これなら俺もすぐにイケそうだ」

ナオさんが言うことを認めたくなくて、ブルブルと首を横に振る。

彼は私の否定を無視して、乱暴に腰を突き上げてきた。

「あっ、あ、あ――……！」

こらえ性のない身体は、数回、最奥を穿たれただけでイッてしまう。

もう何度達したのか自分でもわからない。自然に下腹部が硬直して、中にいるナオさんをギュッと締め上げた。

彼は乱れた呼吸に合わせて「くそっ」と吐き捨て、更に私を揺さぶる。

みっともなく舌を突き出し、なすすべなく絶頂を繰り返していると、突然、肩先に噛みつかれた。

「い、ひぃっ!!」

鋭い痛みが突き抜けるのと同時に、お腹の奥でナオさんが大きく震え、弾けた。

どうやら彼もイッたらしく、持ち上げられていた両足が放される。しかし、全身の筋肉が痙攣しているせいでどうにもできずに、だらりと床に投げ出した。

思うように動かせない身体をナオさんにもたれかからせて、ひたすら肺に酸素を取り込む。泣きすぎて腫れぼったい瞼を少し上げると、街灯に照らされた夜空の中にいくつか星が見えた。

私、外で、こんなはしたないことを……。

熱が醒めてくるに従い、居たたまれなさが増して消えてしまいたくなる。

それでも、私はナオさんの傍にいられるだけで嬉しい。彼はただ、お金で契約した愛人を弄んでいるだけなのに。

そっと目を閉じて、行為の余韻に身を任せる。

私は心の中で自分自身をバカな女だと詰りながら、ナオさんに聞こえないくらいの声で「好き」と囁いた。

4　お仕置き

月曜日は、大鹿さんのお店の定休日だから、私の仕事もお休みだ。

今まで節約の限界に挑むような暮らしをしていた私には、当然、趣味なんてものはなく、休日は「家事を済ませたあと、おばあちゃんに会いにいく」というのが定番の過ごし方だった。

夜の仕事をしているせいで、生活スタイルがすっかり夜型になってしまい、休日でも起きるのは昼前。

朝ごはんを食べるような感覚で、昼食を済ませて、午後からは掃除と洗濯をする。そのあと少し休憩をして、夕方、おばあちゃんの顔を見に出かけていた。

ナオさんはその日によっていたりいなかったりするけど、今日は出かける気がないらしい。私が家事をしている間、彼は食事用のテーブルで煙草を吸いながら本を読んでいた。

見るからにアウトローなナオさんだけど、意外に読書家のようで、いつも私には理解できない難しい本や雑誌を眺めている。一度どういう内容なのか聞いてみたところ、経営哲学とか、人事理念とかだと返された。

きっと、ヤクザの組織も普通の会社のように人を動かし、経営しなければいけないのだろう。ナオさんは、いわゆるインテリヤクザというものに違いない。

本を読んでいる時の彼は、ちょっと驚くくらいに集中していて、私の存在さえ忘れている。なので、私は勝手に家の中のことをして、出かける準備を整えた。

ナオさんが気づいた時に飲めるよう、コーヒーを淹れてテーブルの隅に置く。「おばあちゃんのところへいってきます」と書き置きを残そうか迷ったけど、いつものことだから伝えなくてもいいだろうと判断した。

バッグを肩にかけて、腕時計を確認する。頭の中で電車とバスの乗り継ぎを考えてから出かけようとしたところで、背中に視線を感じた。

気になって振り向くのと同時に、ナオさんが声をかけてくる。

「また婆さんのところへいくのか？」

「えっ、あ、はい」

まさかナオさんが読書を中断するとは思わなかったから、慌ててしまう。カクカクと何度もうなずいて返事をすると、彼はどうでもよさそうに「そうか」と呟いた。

初対面の時にも言っていたけど、ナオさんには、私の「おばあちゃんを大切にしたい」と思う気持ちが理解できないらしい。

彼の素性を詮索してはいけないから、本当のところは知らないけど、家族とあまり仲がよくないのかもしれない。

ナオさんはテーブルに肘をついて少し考える素振りをしたあと、読んでいた本をバタンと閉じた。

「送っていってやる。で、面会が終わったあと、少し俺に付き合え」

「へっ⁉」

物凄く予想外な提案に、おかしな声が飛び出す。

驚く私を見たナオさんは、いやそうに顔をしかめた。

「俺がついていったら、何か都合が悪いことでもあるのか？」

「……いえ、そういうんじゃなくて。一緒に出かけることが今までなかったし。……でも、私と外に出てもいいんですか？」

ただびっくりしただけだと説明する。

ナオさんはたぶん後ろ暗い仕事をしているから、ここに住んでいることを大っぴらにしたくないみたいだし、私との関係も隠しておきたいようだ。そんな状態で一緒に出かけて大丈夫なんだろうか？

私の質問に、ナオさんは軽く首を傾ける。続けて、何かを考えるように遠くを見つめてから、浅くうなずいた。

「まあ、少しなら平気だろう」

ナオさんの答えを聞いた私は、つい、うつむいてそわそわしてしまう。

……何に付き合わされるのかはわからないけど、こういうのもデートって言っていいのかな？

好きな人と一緒に出かけられるのは、やっぱり嬉しい。ちょっと照れくさくて、ドキドキして、頬が熱くなった。

ナオさんは私の不審な態度に気づくことなく、煙草を揉み消し、本を片づける。流れるような動作でクローゼットからジャケットを取り出して「いくぞ」と短く宣言した。


部屋を出たナオさんは、私を連れてエレベーターに乗り、地下二階のボタンを押した。

おばあちゃんの施設へ送っていってくれると言うから、てっきり一階から外へ出るものと思っていたのに、違うらしい。

「あの……地下二階に用事でもあるんですか？」

私は隣に立つナオさんを見上げて、恐る恐る尋ねる。

彼の邪魔をするつもりはないのだけど、施設へ着くのが遅くなると、おばあちゃんが寝てしまうかもしれないのだ。

最近のおばあちゃんは認知症がますますひどくなってきたようで、眠っている時間が長い。特に食事のあとは起きていられないらしく、夕ごはんの時間の前までにいかないと、話もできないまま帰ることになる。

私はおばあちゃんが寝ていても、起きていても、穏やかに過ごしているのを見られれば満足だけど、おばあちゃん自身のためには、少しでも沢山の人と会って会話をした方がいいらしい。それが病気の進行を遅らせることにも繋がるという。

私は焦る気持ちのままに、ナオさんを見つめる。

ちょっと面倒くさそうに目線を合わせた彼は「いけばわかる」と答えて、前に向き直った。

ナオさんが返事をしたのと同時に、エレベーターがゆっくりと止まる。少し遅れて、目的の階に到着したことを知らせるチャイムが鳴り、ドアが開いた。

エレベーターの外には、コンクリートで覆われた空間が広がっていた。そこに車が整然と並んでいる。

「あれ？　ここ駐車場……」

私はぽかんとして、目の前の駐車場を眺める。このビルが地下二階まであるのは知っていたけど、一番下が駐車場だとは思わなかった。

ナオさんは「ついてこい」と声をかけて、さっさと進んでいく。私は今にも閉まりそうなエレベーターのドアを押さえ、慌てて彼を追いかけた。

駐車場の一番奥まった場所に、これぞ高級車って感じの黒いセダンが停められている。

ナオさんはその車の横までいくと、助手席の方へ向かって顎をしゃくった。

「乗れ」

「え、嘘……これに⁉」

思わず声を上げて、まじまじと車を見つめる。自動車に詳しくない私にだって、この車がとんでもなく高価なものだということくらいはわかった。

僅かな傷一つないピカピカのボディに、間抜けな顔をした私が映っている。

車に乗れと言われたけど、高級すぎてドアハンドルを触ることさえ怖い。どうしたらいいのかわからずにオロオロしていると、ナオさんが短く舌打ちをした。

「お前、車に乗ったことがないのか？」

「あ、ありますよ、そのくらい。ただ、こんな凄い車、見たこともないし……」

不相応な車を前にして怯えきった私は、声を震わせて後ずさる。

ナオさんはうんざりだと言わんばかりに溜息を吐き、私の手を握って引き戻した。

「凄いかどうかは知らないが、車なんて全部一緒だから気にするな」

「ええっ⁉」

彼のめちゃくちゃな意見に驚き、ブルブルと首を左右に振る。気にするなと言われても無理だ。

ナオさんは動こうとしない私に痺れを切らしたのか、手を掴んだまま助手席の近くに移動した。そして、空いている方の手でドアを開け、私を中に押し込んだ。

抵抗する間もなくドアを閉められ、肩を震わせる。座席の座り心地がよすぎて、逆に落ち着かない。

借りてきた猫以上に身を縮め、じっとしていると、運転席に乗り込んできたナオさんが、ダッシュボードからサングラスを取り出してかけた。

細身のフレームに薄いブルーのレンズが入ったものだから、ナオさんの目つきの鋭さがますます強調されていて怖い。けど、眼鏡をかけた彼は知的に見えて、ドキドキする。

ナオさんの整った横顔にこっそり見惚れていると「シートベルトをしろ」と叱られた。

私が慌ててシートベルトを着けたのと同時に、車が滑るように走り出す。車特有のエンジン音と振動がなくて驚いた。

「凄い！　静かだし、全然揺れないんですね」

「ん、ああ……ハイブリッド車だし、乗り心地を追求しているとかなんとか聞いたな」

ナオさんは車を運転しながら、興味がないと言わんばかりの返事をしてくる。まるで他人事みたいに。

「……もしかして、この車、ナオさんのじゃないんですか？」

「いや、俺の車だが……親父に勧められて買ったものだから、好きで乗っているわけじゃない」

「そう、なんですか」

なんだか、私には想像もつかない価値観に、ぼーっとしてしまう。

たぶん私じゃ一生かかっても手に入れられないランクの高級車を、他の人が勧めるまま買っちゃうってどういうことなんだろう……実はナオさんて、簡単に車を買えるほどの物凄いお金持ちなの？

それに、彼が言う「親父」という人は、本当のお父さんのことなのか、それとも、任侠映画に出てくるようなヤクザの親分さんのことなのか……。

わからないことだらけで溜息がこぼれる。

ナオさんに「詮索するな」と言われた以上、我慢するしかないんだけど、本音では彼が何をしている人で、どうして風俗店街に住んでいるのかを知りたい。そして何より、偽名ではない本当の名前を、私に呼ばせてほしかった。

ナオさんは、おばあちゃんがお世話になっている介護施設の名称を伝えただけで、カーナビも使わずに目的地へと連れていってくれた。

車の運転が上手なだけじゃなく、土地勘もあるらしい。

彼は私を介護施設の前に送り届けたあと「二時間後に迎えにくる」と言い置いて、去っていった。

ナオさんが送ってくれたおかげで、いつもより早く介護施設に着いた私は、おばあちゃんと沢山話をすることができた。

もうおばあちゃんは今の私のことを覚えていないから、私を介護施設のスタッフの一人だと思い込んでいるけど、自分に可愛らしい孫娘がいるのだという自慢話を聞かせてくれた。

その孫娘が、おばあちゃんの中で何歳なのかは、はっきりわからない。ただ、話しぶりからすると、私が小さかった頃の思い出が強く残っているのだろう。

今の自分を認識してもらえないのは、やっぱりちょっと寂しい。でも、おばあちゃんの中に、少しでも私の存在が残っているとわかってほっとした。

二時間後、介護施設を出ると、ナオさんが待ってくれていた。相変わらずピカピカの高級車には気後れしてしまうけど、今度は自分からドアを開けて乗り込んだ。

「お待たせして、すみません」

「別にいい。俺の用事が早く済んだだけだ」

助手席に収まったあと、待たせてしまったことをお詫びすると、彼は気にしていないふうに軽く首を横に振った。

エッチの時は、めちゃくちゃな命令をしてくる暴君のようなナオさんだけど、普段の生活で我が儘を言うことはほとんどない。今みたいに待たせても、私を責めたり、怒ったりは絶対にしなかった。

……普通に、いい人だよね。見た目が怖くて、危ない仕事をしてそうだけど。

走りだした車の中で、ナオさんのことをつらつらと考える。しばらく無言で、これまでに見た彼の姿を思い描いていると、唐突に「大丈夫か？」と聞かれた。

「え？　何がですか？」

パチパチとまばたきをして、ナオさんを見つめる。

運転中の彼は、前を向いたまま少し難しい顔をした。

「いや。急に黙り込んだから、酔ったのかと思ってな」

「あ、違います。ちょっと考え事をしてて……」

返事をしながら、胸の内が温かくなっていくのを感じる。どんなことでも、ナオさんが私を気遣ってくれていると思うだけで、嬉しくて幸せな気持ちになれた。

出かける前、ナオさんは「少し俺に付き合え」と言っていたけど、具体的に何をさせられるのかは聞いていない。気になって、車の中でそれとなく聞いてみたものの、面倒くさそうに「着いてから話す」とあしらわれてしまった。

たぶんひどいことにはならないだろうと信じつつも、彼がしょっちゅう暴漢に襲われるような立場だと思い出して不安になる。

密かにドキドキビクビクしていると、車は百貨店の駐車場に入った。

「……買いものをするんですか？」

「ああ。たぶんな」

たぶん、て……。ナオさん自身のことなのに、曖昧な返事をされ、ぽかんとしてしまう。

彼は「降りるぞ」と短く告げて、さっさと車を出ていった。

「あっ。ちょっと、待ってくださいよー！」

少しぼんやりしていた私は、急いでシートベルトを外して、ナオさんを追いかける。

彼が車を施錠しているところに近づくと、当然のように右手を握られた。

思わずドキッとしてしまう。今までにも何度か彼と手を繋いだことはあるけど、こんなに人目が多いところは初めてだ。

気恥ずかしくて頬がぽかぽかしてくる。妙な緊張感で身体が硬くなり、手が汗ばんだ。

ナオさんは落ち着きがない私をちらりと見下ろして、すぐに顔をそらした。

「悪いが、俺の方からお前に合わせて歩くのは無理だ。女との歩調の揃え方がわからん。もし歩きづらい時は、手を引いて止めろ」

不器用だということを堂々と宣言されて面食らう。

なんだかナオさんが急に可愛く思えて、笑ってしまいそうになったけど、彼のプライドを傷つけそうだから必死で我慢した。

自称不器用なナオさんと、恋愛初心者な私は、ちょっとぎこちない足取りで百貨店の中に向かう。

店内入り口までできたところで、私は彼の手を引いて足を止めた。

「あの、何を買いにきたんですか？」

ナオさんが振り向くのを確認してから、空いている方の手で、入り口横に掲示されている案内図を指差す。

彼は案内図を一瞥したあと、ちょっと意外そうに眉を上げた。

「服だが……この店は、欲しいものを自分で取りにいかなければいけないのか？」

「え？　普通に自分で見て、選んで買うんだと思いますけど……」

ナオさんが何を言っているのかわからなくて、きょとんとする。

私に目線を合わせた彼は、しばらく真顔になったあと、何かに思い至ったように「ああ」と呟いた。

「こういったところにきたことがないから、売買のシステムを理解していなかった。大鹿は『ここにくれば、服は大抵揃う』としか言わなかったしな」

「大鹿さんが？　……というか、ナオさん今までどうやって服を買ってたんですか？」

彼は百貨店だけを特別なように言うけど、どこのお店だって買いものの仕方はだいたい一緒だ。いくらなんでも、通販で済ませているとは思えないし……まさか、全部オーダーメイドとか？

自分の想像に茫然としていると、ナオさんは訝しげな表情で首をかしげた。

「どうやってって、服は出入りの業者が適当に見繕って季節ごとに持ってくるんだよ。その中から使えそうなやつを選べばいい。スーツはオーダーだし、下着は誰かに頼めば持ってくる。まあ頼まなくても勝手に補充されているけどな」

ナオさんの信じられない生活ぶりを聞き、目を見開く。私の想像を遥かに超えた事実に、驚きすぎて声も出せない。

そういえば、あからさまにヤクザっぽい人が、買いものをしているところって見たことないけど、欲しいものは業者さんに持ってこさせたり、下っ端の人にお使いをさせたりしているからなの？

私が何も反応できないでいるうちに、ナオさんはまた歩きだす。一階の化粧品売り場を通りすぎてエスカレーターに乗り、三階の婦人服売り場に連れていかれた。

見たことも聞いたこともないブランドのテナントが、ずらりと並んでいる。その中で、洗練された洋服を纏った女性たちが、きびきびと働いていた。

　その姿は、自分と同じ女性とは思えないくらい優雅でまぶしい。なんだか、だんだんここにいることが申しわけないような気持ちになってきて、私はキュッと身を縮めた。

「えと、なんで、ここに……？」

　ナオさんの顔を覗き込むようにして問いかける。このフロアは全体が婦人服のエリアになっているらしいから、彼が着られるものは置いていないはずだ。

　私が質問したことでこちらを向いたナオさんは、さも当然のようにテナント群へ顎をしゃくった。

「お前の服を買いにきたんだよ。とりあえず普段着にできるものを上下で十着選んでこい」

「はい⁉」

　いきなり意味不明な命令をされ、声を上げる。

　ナオさんは私の手をパッと放すと、腕組みをした。

「お前、俺が渡した生活費を使っていないだろう。どういうつもりかは知らないが、いつまで経っても貧相な身なりを改めないから、大鹿に相談したんだ。そうしたら『女には金を渡すだけじゃなく、ものを贈らなきゃだめだ』と言われてな」

「うっ……」

　ナオさんに指摘された通り、私は彼からもらった生活費を極力使わないようにしている。

色々と理由はあるのだけど、一番は何もしないでお金を得ることに抵抗があるからだ。

彼曰く「愛人はお金を含めた全ての生活を、主人に頼るもの」らしい。だから、当然のように大金を渡してくる。

しかし、私がしていることと言えば、食事の用意と掃除に洗濯。そしてエッチの相手だけ。

風俗店では一回二万円近く取られると聞くから、エッチの回数を考えれば適正な金額なのかもしれない。けど、それだって、私にとっては大好きなナオさんと抱き合えるご褒美のようなものだった。

安心して暮らせる部屋で、食べるのに困らない生活を与えられた上、好きな人と一緒にいられる。やりがいのある仕事にも就けて、大切な家族であるおばあちゃんを守ることもできている。

ただただ幸せで、ありがたくて、これ以上の贅沢をするわけにはいかなかった。

「あ、あのぅ、お気持ちは嬉しいんですけど……その……」

恐る恐る言いわけをしながら、じりじりと後ずさる。できるだけナオさんから離れて、穏便に断ろうとしたのだけど、振り向いた彼の顔を見た瞬間に身体が固まった。

優しげに細められた目と、弧を描く唇。それなのに、瞳が笑っていない。

「ひぇっ！」

反射的に喉の奥からおかしな音が飛び出す。

ナオさんは腕を組んだまま、ゆっくりと身体をこちらに向けて、軽く首をかしげた。

「俺が服を選べと言っているのに、拒否するわけがないよなあ？」

こ、こ、怖いぃ……!!

私は内心で悲鳴を上げて、プルプル震える。ついさっきまで持っていた遠慮の気持ちはどこかへ吹き飛ばされ、気づいた時には繰り返しうなずいていた。


その後、二時間以上かけて、私は服を大量に選ぶはめになった。

シャツとスカートだけじゃなく、それぞれに合わせた上着、バッグ、靴まで揃えられた。

選ぶ時にプライスカードを見ないようにきつく注意されたから、総額がいくらになったのかはわからない。ただ、とんでもなく高かったことは簡単に想像できた。

ナオさんはそれらをクレジットカードであっさりと精算し、全部、大鹿さんの店に届けるよう頼んだ。

……で、私は今、購入した服とは別の、白いタイトワンピースを着ている。袖と裾がレースになっていて、シックなのに華やかなドレスっぽいデザインのものだ。

普段着とはいえ今まで触ったこともない高価な服に圧倒された私は、買いものが終わる頃にはすっかりくたびれていた。そんな疲労困憊な私に、ナオさんはこのワンピースを押しつけて「着替えろ」と言い放ったのだ。

抵抗する気力もなくうなずけば、次に白のパンプスと、トップにパールがあしらわれたペンダント、イヤリングが差し出される。

一体いつの間に用意したのか疑問に思いつつ全てを身に着けると、彼はまた私の手を引いて歩きだした。

ナオさんが選んでくれたパンプスは履き心地抜群だけど、ヒールのある靴に慣れていないせいで転んでしまいそう。

ふらふらよろよろする私は彼の目にも危なっかしく映ったのか、そのうち、手ではなくて腕を絡めるように指示された。

手を繋いでいた時よりも、二人の身体が近づいて、ドキドキがますます加速する。

腕を絡めていても危ないと思われたのか、ナオさんが私の腰を抱くように支えてくれて、私は幸せを噛み締めた。

てっきり、このまま帰るんだろうと思っていたのに、彼は私を連れてエレベーターに乗り、上階へと向かった。

着いた先は最上階のレストラン。あらかじめナオさんが予約してくれていたみたいで、夜景が見える窓際のテーブルに案内された。

「ふわぁ、凄い、綺麗！」

メニューも確認せずに、私は外の景色に見惚れる。

真っ暗な空の下に、キラキラの宝石をちりばめたような街が広がっていた。白く光るビルやお店に街路灯。通りをいく車の赤いヘッドライト。信号機の三原色。その全てが交じり合い輝いている。とにかく綺麗すぎて溜息がこぼれた。

私はひとしきり景色を眺めたあと、ナオさんに向き直った。

「ナオさん、連れてきてくれてありがとうございます！　夜景もお店も本当に素敵で……」

外に見える景色はもちろん美しいけど、必要最低限の照明で夜景を引き立たせている店内もムードがあってドキドキする。

興奮に任せて感謝を口にすると、彼はメニューから目を離さずに軽くうなずいた。

「ああ。俺は夜景なんて興味ないが、琴子が見たがるんじゃないかと思ってな。ついでにここで飯を済ませて帰ればいいだろう？」

「はい。初めて見たけど、すっごく綺麗でびっくりしました！」

思いきり何度も首を縦に振って、感動を伝える。

一瞬、何かに驚いたようにピタッと動きを止めたナオさんは、続けてプッと苦笑いをした。

「お前って、本当に素直だよなあ」

「えっ……だ、だめですか？」

普段、彼は怒っている時以外で笑うことがほとんどないから、ちょっと焦ってしまう。確かに自分でも小学生並みの感想だと思うけど、他にどう表現すればいいのかわからない。

あわあわする私を見たナオさんは、ゆっくりと頭を振ってメニューを閉じた。

「いや、琴子はそのままでいろ。……ああ、俺と同じものをオーダーするが、構わないか？」

「……はい」

ついでのように問われたメニューの希望に、ぎこちなくうなずく。彼に、今のままの私でいいと言われたことが嬉しくて気恥ずかしくて、下げた顔を戻せなくなった。

ほんの少しでも、ナオさんに気に入られているように思えて、胸が高鳴る。

……好き。

心の底から浮かんでくる想いに、キュッと目を瞑った私は、手に触れたワンピースの裾をそっと握り締めた。

なんの説明もなくナオさんに連れてこられたけど、このレストランは創作フレンチのお店だったようだ。

今日は車で帰らなきゃいけないから、ノンアルコールのカクテルで乾杯をする。

続けて運ばれてきたのは、ふわふわのパンと、前菜が二種類。どちらも聞いたことがないおしゃれな名前がついていたけど、ナオさんが言うには「タコのゼリー寄せ」と「仔羊の煮込み」らしい。

タコはぷりぷりで食感が楽しいし、薄い味つけのおかげで噛むごとに旨味が広がる。仔羊の煮込みは逆に濃厚で、独特の香りを楽しむことができた。

そのあとに出てきたのは、マッシュルームのポタージュ。マッシュルームなんてほとんど食べたことがなかったけど、クリームに合わせても引けを取らないほど風味が強くて驚いた。もちろんおいしくて、気づけばあっという間に飲み干していた。

スープの次が魚料理で、スズキの包み焼きがきた。お店の人の説明によると、皮目を炙ってから蒸し焼きにするそうで、ふっくらしているのに香ばしい。様々なハーブと岩塩の味つけも絶妙で、食べながらついにやけてしまう。

ナオさんは、ほっぺを押さえてデレデレしている私を見て、すっかり呆れていた。

ここまできて、やっとメインの肉料理らしい。初めてコース料理を食べたけど、こんなに色々出てくるとは思っていなかった。

メインのお料理というのは、特売の目玉商品みたいなもので、やはり力が入っているらしい。和牛のステーキの上に、細かいトリュフが散らしてあった。

テレビでしか見たことがない高級食材を前にして、どうしたらいいのかわからない。オロオロしてナオさんに目を向けると「余計なことは考えずに食え」とあしらわれた。

よくグルメレポーターが「とろける」と表現している和牛のステーキは、本当に柔らかくて、ちょっと噛むだけで融けていく気がする。今まで牛肉は癖のある硬いお肉だと思い込んでいたけど、高級なものは違うのだと知った。

シメのデザートは、オレンジのソースが添えられたチョコレートのムース。ちょっとほろ苦い味で、お腹がいっぱいでもおいしく食べることができた。

食事をする間も、ナオさんとはあまり会話をしなかった。出てくる料理に私がいちいち驚いて、呆れぎみな彼が解説をするということの繰り返し。

それでも楽しくて、幸せで。夜景の見える素敵なお店で、大好きな人とおいしい食事をしたことは、一生の思い出になるくらい深く私の中に刻まれた。


お酒を飲んだわけでもないのに、浮かれてふわふわの私は、ナオさんに寄りかかるようにして駐車場まで戻ってきた。

二人でショッピングをしたあと、おしゃれなディナーを楽しんで……なんだか本当にデートみたい。ナオさんに聞いたらきっと「そういうんじゃない」と返されるんだろうけど。

こっそりと幸せに浸って、ほうっと息を吐く。

このまま甘い時間が続けばいいのに……と願ったところで、突然、彼が足を止めた。

「ナオさん？」

不思議に思って彼を見上げると、前を向いたまま不機嫌そうに顔をしかめている。その目線を辿った先に、白いコンパクトカーが停めてあった。

よくある企業の社用車のような、至って普通の車。私がナオさんにどうしたのかと聞くより早く、運転席のドアが開いた。

車の中から出てきたのは、薄い水色のスーツを身に着けた綺麗な女性。

私よりも少し年上らしいその人は、まっすぐな髪を顎のところで揃えている。長めの前髪の隙間から、意志の強そうなまなざしが私たちに向けられていた。

誰だろう……ナオさんの知り合い、かな？

彼女は片手にブリーフケースをかかえ、こちらに歩いてくる。ヒールを鳴らして颯爽と進んでくる姿が、デキる女性そのものという感じ。

彼女に圧倒された私は、思わずナオさんから離れ、半歩後ろに下がった。

女性は私のことなど眼中にないようで、ナオさんに向かって軽く会釈をする。

「お取り込みのところを申しわけありません。急ぎの案件ができましたので、ＧＰＳの履歴を辿って参りました」

「ユキノ……」

女性が慇懃（いんぎん）な挨拶をすると、ナオさんが苦々しい調子で名前を呟いた。

おそらく、それが彼女の名前なんだろう。やっぱり彼の知り合いだったらしい。

苗字ではなく下の名前で呼ぶような仲なのだと気づいて、なぜか胸の奥にちくりと刺すような痛みが走った。

ユキノさんは手にしていたブリーフケースから、Ａ４くらいの封筒を取り出し、ナオさんに手渡した。

「いつもと同じく、見ていただければわかるようにしてあります。翌朝までに折り返し、ご指示をお願いいたします」

ナオさんは受け取った封筒を一瞥したあと、溜息と共に「ああ」と返事をする。

なんとなくだけど、ナオさんには封筒の中身が何かわかっていて、それが彼にとってあまり面白くない内容なんだと思った。

ちょっと心配になり、身を乗り出すようにしてナオさんの顔を覗き見る。私の視線に気づいた彼は、まるで「大丈夫だ」と言うように、ほんの少し表情を緩めた。

僅かな間、見つめ合う。

別の方向からも視線を感じて振り向くと、ユキノさんが冷ややかな目で私を見ていた。

敵意のようなものを感じるのは、たぶん気のせいじゃない。

無表情のままスッと顔をそらした彼女は、次にナオさんへ目を向けた。

「……こちらの女性が、先日おっしゃっていた方ですか？」

「ああ。琴子は俺の女だ」

ユキノさんの質問に、ナオさんはきっぱりと答え、片手で私を抱き寄せる。彼の恥ずかしい台詞と、わざと見せつけるような行動に、私は身を縮めた。

顔が熱くて仕方ない。愛人契約を結んでいることは秘密のはずなのに、ユキノさんには明かしてもいいの？

混乱と羞恥に襲われた私は、ナオさんの腕の中でぶるっと震える。

ユキノさんは、寄り添う私たちを眺め、呆れたように長い溜息を吐いた。

「お父様はこのことをご存じなんですか？」

「親父は関係ない。俺が決めたことだ」

「……そうですか。では、無礼を承知で申し上げますが、私はお二人の関係に反対です。隠れて女性を囲うなど、郷良家の跡取りとしてふさわしくありません。表に出せないような方とは、早々に手を切られるべきかと」

ユキノさんとナオさんが、なんの話をしているのか正確にはわからない。だけど、彼女の鋭い言葉が、私の心に突き刺さる。

ユキノさんが言う「郷良家の跡取り」は、きっとナオさんのことで「表に出せないような方」というのは、間違いなく私だ。

自分でもナオさんに釣り合っていないのは理解しているし、彼とずっと一緒にいられるとも思っていない。でも、それを他の人に指摘されるのはつらかった。

うつむき、唇を噛んで、胸の痛みをごまかす。

ナオさんは短く舌打ちをして、私を抱く腕に力を込めた。

「俺と琴子のことを、とやかく言われる筋合いはない。今後、余計な口出しを続けるようなら、お前の扱いを考え直す。俺の言うことが理解できるな？」

傲慢な物言いに驚き、顔を上げる。見上げた先の彼は無表情だったけど、その目は相手を射殺しそうなほどギラギラしていた。

あれ……なんか、凄く怒ってる？

ナオさんの怒りが私に向けられているわけでもないのに、ゾッとして息を呑む。

恐る恐る横目でユキノさんを窺うと、彼女はすっかり顔色を失くしていた。

「はい……出過ぎたことを言いまして、申しわけありません。……失礼いたします」

ユキノさんは声を震わせながら謝り、くるりと踵を返す。

離れていく彼女の背中を見送ったナオさんは「親父の犬が」と吐き捨てた。

私はナオさんに視線を戻し、内心で首を捻る。彼とユキノさんはかなり近い関係のようなのに、仲がよくないの……？

何かの書類をやり取りしているところから見て、二人は似た境遇にいるのに違いない。

あんなに綺麗で若い女性が、ヤクザっぽいナオさんの関係者だというのはびっくりだけど、たぶん彼の部下のような立場なのだろう。

さっきユキノさんが口にした「郷良家」というのが、もしヤクザを生業にしているお家だとしたら、その「跡取り」であるナオさんは次期組長ということだ。

そして、時々ナオさんの話に出てくる「親父」という人のことを、ユキノさんは彼の「お父様」だと言っていた。……つまり「親父」は、ナオさんの実のお父さんであり、組長さんでもあるわけだ。

私の想像の通りなら、ナオさんが風俗店街に隠れ住んで、あの一帯を管理しているのも、妙にお金持ちなのも、よく暴漢に襲われるのも、全部説明がつく。

私みたいな、なんの取り柄もない女とは結婚できないということも理解できた。

ぐっと胸の奥が重くなる。

ナオさんとの未来がないのは、愛人契約をした時に宣言されていて、私も了承済みだ。最初からわかっていたこと……それなのに、心が痛い。

自然に目線が下がってしまう。

なんとも言えない気まずい空気が、私たちの間に流れた。

ナオさんは仕切り直すと言わんばかりに大きな溜息を吐き、私を促してまた歩きだした。

「悪い、いやな思いをさせたな。ユキノは俺の秘書のようなことをしているんだ。俺がこっちで仕事をしている間は顔を出すなと言ってあったんだが、少し事情が変わったようだ」

「いえ。私は大丈夫です」

本当はつらくて泣きそうだけど、無理やり、笑顔を作って頭を振る。

今ここで私が我が儘を言って拗ねたり、捨てないでほしいと縋ったりしたところで、彼を困らせていやがられるだけだということはわかりきっていた。

……私はナオさんの身の回りをお世話するために選ばれた、期間限定の愛人だから。

翌日の夜。いつも通りに「Bar Mond」へ出勤した私は、大鹿さんが作ってくれたカクテルを睨むように見つめていた。

火曜の夜は、まだ週の始まりだからか、お客さんが少ない。同伴出勤前に寄ったというキャバ嬢とその常連さんが帰っていったあと、誰もいなくなったのを見計らって、私は大鹿さんからカクテルの作り方を教わっていた。

左側に大鹿さんが作ったもの、右側に私が作ったものを置いて、見比べる。

もちろんレシピは大鹿さんに習ったもので、材料も同じ。すぐ隣で見てもらいながら作ったから、見た目はほとんど一緒だ。

思ったよりもうまくできたかも！　なんて、こっそり自画自賛していると、後ろに立つ大鹿さんが「一口ずつ飲んでみて」と指示してきた。

言われた通りに、まず私が作った方から飲んでみる。……うん、普通においしい。次に大鹿さん作を口に含んだ瞬間、私は目を瞠った。

「あれっ⁉　全然違う！」

思わず声を上げて、もう一度それぞれに口をつける。何度確認しても、やっぱり違う。私が作った方もそれなりにはおいしいけど、大鹿さんのとは比べものにならないほどお粗末だった。

「なんでだろう？　全部一緒なのに……大鹿さんが作ったのは風味が強い気がします」

グラスに鼻を近づけただけではわからない。でも、大鹿さん作のカクテルは、舌に触れた瞬間、リキュールがふわっと香るのだ。

理由がまったくわからない。もう一度、飲んでみようとしたところで、大鹿さんに止められた。

「そんなにガブガブ飲んだら、酔っ払って練習にならなくなるよ？」

クスクスと笑われ、かあっと頬が火照る。私はグラスから手を放して、肩をすくめた。

「すみません。あまりにも違うから驚いてしまって……」

「いや。俺の方こそ、ごめんね。実はカクテルをうまく作るには、技術とコツがいるんだよ。でも、何も知らないで作った時との違いを知ってほしくて、先に教えなかったんだ」

「そうなんですか。……うん。確かに、これは知っておかなきゃだめですね」

私は二つのグラスを覗き込み、大きくうなずく。

やっぱりプロのバーテンダーさんは凄い！　ただお酒を混ぜるだけで、こんなにおいしいものが作れるなんて、魔法みたいでわくわくしてきた。

私の反応を見た大鹿さんは、満足そうに微笑んで、新しいグラスを手に取る。優雅な仕草でグラスを指差し「一通り、流れを説明するね」と言った。

「まず氷の入れ方が大事なんだ。あとで混ぜる時に、バー・スプーンの動きをできるだけ邪魔しないように重ねておく」

大鹿さんはそう言いながら、サッと氷をグラスに入れていく。ただ無造作に入れているようにしか見えないけど、ちゃんと次の工程の準備をしていたらしい。

「そして、レシピ通りにきちんと計量する。目分量で作るのはＮＧだよ」

私は大鹿さんの説明にうなずき、ポケットから出したメモ帳に教えられたことを書きつける。

今聞いたコツを夢中でメモしているうちに、大鹿さんは材料を全てグラスに注ぎ入れ、愛用のバー・スプーンを手に取った。

バー・スプーンというのは、カクテルを作る専用の道具の一つだ。ステンレス製の長いマドラーのようなもので、先端に小さじがついている。反対側の先には小さなフォーク。柄の真ん中らへんが、らせん状によじってあるのも特徴だった。

「あとは、軽くステアするだけなんだけど……これが慣れないとちょっと難しいんだよね。あ、ステアっていうのは、バー・スプーンで掻き混ぜることだよ」

「はい」

首を縦に振って、ステアについても記入する。

大鹿さんは「ちゃんと見ててね」と念を押して、右の手のひらにバー・スプーンを載せた。

「持ち方が独特でさ。このよじれてるところを中指と薬指の間に挟んで支えるんだ。で、親指と人差し指を少し上の方に添えて。この状態から手首を使って全体を動かしつつ、中指と薬指でバー・スプーンを擦るみたいにして回転させる。さっきの氷の入れ方が適当だと、この時に邪魔になるから注意ね」

「えっ、え⁉」

大鹿さんは簡単そうにクルクルとバー・スプーンを回しているけど、どうなっているのかよくわからない。

「ステアする回数はカクテルによって変わるんだけど、混ぜ方が足りなければ調和が取れないし、あんまりやりすぎると氷が融けすぎてしまう。まあ、これも慣れればわかるよ」

私が目をまたたかせている間に、カクテルは完成したらしい。

大鹿さんがいたずらっぽく笑って、ぱちんと片目を瞑る。

「わかった？」

「う……ごめんなさい。わかりません」

弱音を吐くのは格好悪いけど、できないものをできるとは言えない。私が眉尻を下げてしょげていると、大鹿さんはアハハと大きな笑い声を立てた。

「まあ、すぐにはわからないし、できないよ。沢山、練習しないと。俺も独立するまでは、師匠の店で相当扱かれたからねー」

大鹿さんがいつここをオープンしたのかは知らないけど、他のお店で修業をしていたことがあるらしい。

あれ、でも……前にナオさんから聞いた話では、若い頃にチンピラっぽいことをしていたって……。

「大鹿さんっていつからバーテンダーを目指したんですか？　前は別のことをされていたんですよね？」

チンピラ稼業を仕事と言っていいのかわからないから、曖昧な聞き方になってしまう。

大鹿さんはパシッと自分の額に手を当てて、はあっと溜息を吐いた。

「あー、ゴウさんから聞いたんだね？　もう、琴ちゃんにはなんでも話しちゃうんだからー。イケてるバーテンダーな俺のイメージが台なしじゃん！」

「え、あ、すみません……っ」

イケてるバーテンダーのイメージっていうのがなんなのか、いまいち理解できないけど、とりあえず謝っておく。

焦る私を見た大鹿さんは、大きく手を振って気の抜けた笑みを浮かべた。

「ああ、いいの、いいの。悪いのはゴウさんで、琴ちゃんじゃないから。前に言ったかもだけど、俺とゴウさんは大学の先輩後輩でさ。俺はその頃から、ちょっと悪ぶってたわけ。今思えば、かなり遅い思春期ってやつかなー」

「そうなんですか」

「うん。親と折り合いが悪かったとか、色々と理由はあったんだけどね。それで、なんとかぎりぎり大学は卒業できたものの、就職先なんかあるわけなくて、その日暮らしでフラフラしてたんだよ」

大鹿さんの話に軽くうなずく。きっとその「フラフラしてた」時期に、チンピラっぽいことをしていたのだろう。

「そんな時に偶然ゴウさんと会うことがあって、物凄く怒られてさー。まあ、あの人の立場的に、半分ヤクザみたいな後輩と仲良くしてるのバレたらヤバいんだけど」

「え……」

なんとなく大鹿さんの言い方に疑問を覚える。

半分ヤクザでアウトローな生活をしていた大鹿さんは、ナオさんにとって迷惑な存在だったらしい。でも、そのナオさん自身が裏稼業の人っぽいのに、何がまずいというんだろう。……それぞれ別の組にいて、敵対していたとか？

大鹿さんは私が不思議そうにしていることには気づかなかったようで、話を続ける。

「――で、この場所で飲み屋をやらせてやるから、怠惰な生活からは足を洗えって言われて。だけど、素人がいきなり始めたってうまくいくはずないでしょ？　そういうわけでバーテンダーの修業に出たんだよ」

「へえー……って、あれ？　じゃあ、ここのお店のオーナーってもしかして……」

「ん？　オーナーはゴウさんだよ。といっても、資金と場所を提供してくれただけで、他にはなーんにもしてくれないけどねー」

嘘っ！　ここ、ナオさんのお店だったの!?

初めて知った真実に目を見開く。てっきり大鹿さんが全部一人でやっているのだと思い込んでいた。

驚く私をよそに、大鹿さんはナオさんへの不満をぶちぶちこぼしている。

「……本業が忙しいのはわかってるけどさあ、もうちょっとこの店のことに興味示してくれてもいいと思うんだよなー。赤字になったらゴウさんだって、ちょっとは困るんだろうし。ああ、でも、将来有望な見習いを紹介してくれたのは助かったね」

大鹿さんの視線が私に向けられる。なんの話かわからずに首をかしげると、ピッと鼻の辺りを指差された。

「琴ちゃんを紹介してくれたの、ゴウさんなんだよ」

「え……ええっ⁉　ナオさんが？」

立て続けに明かされた衝撃の事実に、声を張り上げる。びっくりしすぎて固まる私を見た大鹿さんは、なぜか嬉しそうに微笑んだ。

「そう。『料理はそこそこできるが、バカかと思うほど素直で一生懸命なやつを雇う気はあるか？』って聞かれてね。ゴウさんは口が悪いからわかりにくいけど、琴ちゃんのこと、本当に大事にしてるんだなーと思って、ちょっと嬉しかった」

そこで大鹿さんは一度口を閉じて、少し照れくさそうに自分の頬を撫でた。

「こういうこと言うのは恥ずかしいんだけど、ゴウさんは俺の恩人だからさ。本気で心を許せる人を見つけて、幸せになってほしいとずっと思ってたんだ」

大鹿さんはナオさんのことを、本当に心から慕っているらしい。彼の気遣いを知って、胸の内が温かくなる。

ただ、私がナオさんにとっての癒しの存在だと思い込んでいるところは、大きな誤解だけど……。

「えっと、その……喜ばせておいて、こんなことを言うのはちょっと心苦しいんですけど、私とナオさんはそういう関係じゃないっていうか。お互いに都合がいいから傍にいるだけで。普通に付き合うとか、結婚とか、無理だって最初に言われてますし……」

私は少しうつむいて、ナオさんとの関係をぼそぼそと説明する。

私たちが利害関係だけで繋がっている愛人だと明かすのは、みっともなくて居たたまれない。

大鹿さんは私の話を聞いたあと、さも当然だというようにうなずいた。

「それはそうだよ。恋人はともかく、ゴウさんの奥さんになったら、琴ちゃんの身が危ないからね。きみのことが好きだからこそ、今は隠すしかないんだ」

「え……」

私が考えていたのとは真逆の見方をされ、目をまたたかせる。

ナオさんは私のことを好きでもなんでもないから、愛人契約をしたんじゃないの？

ぽかんとして大鹿さんを見返すと、困ったような笑みを返された。

「ゴウさんはちゃんと琴ちゃんのこと大事に想ってるよ。きっと他の誰よりもね。あの人、基本的に他人を信じないんだ。特に女性のことは、自分の外見や立場、金目当てに寄ってくる蟻みたいなもんだと考えてる。だから、ゴウさんが琴ちゃんを拾って部屋に住まわせてるって聞いた時にびっくりしたんだよー。今まで自分のテリトリーに、女の子を入れたことなんてなかったのにさ」

脳裏に、大鹿さんと初めて会った時のことが蘇る。ナオさんの部屋にお酒を届けにきた彼は、私の存在に大げさなほど驚いていた。

あれはただ大鹿さんがチャラくてオーバーアクションなだけだと思っていたけど、実はそういう理由だったらしい。

「そんなの、全然知らなかったです」

「うん。あと家庭的なことも超苦手でね。素人が作った料理は絶対に食べないの。気持ち悪いっつって。でも琴ちゃんが作ったご飯は普通に食べてるでしょ？」

大鹿さんの問いかけにうなずく。ナオさんは相変わらず、料理の感想を教えてくれないけど、今も毎日残さず食べてくれていた。

……本当に大鹿さんが言う通りなのだろうか。気持ちをはっきり口に出さないだけで、ナオさんも私のことを少しは好きでいてくれてるの？

自分に都合のいい可能性を見せられ、だんだん胸が熱くなってくる。赤くなっているはずの頬を両手で覆って隠すと、大鹿さんはいたずらっぽく目を細めた。

「ゴウさんが琴ちゃんに自分のことを『ナオ』って呼ばせてるのも――」

「黙れ、大鹿」

地の底から響くような低い声に飛び上がる。

私が慌てて振り返るのと同時に、大鹿さんが悲痛な声を上げた。

「うわっ！　ゴウさん、聞いてたんですか!?」

「ああ？　なんだ。何か俺に聞かれて困ることでもあるのか？」

ナオさんはお店の入り口から中に入ってくると、半笑いで大鹿さんを睨む。その目の光で彼の本気の怒りを悟って、思わず腰が抜けそうになった。

秘密主義っぽいナオさんが、自分の噂をしているところを見て不機嫌にならないわけがない。勝手にしゃべっていたのは大鹿さんだけど、相槌を打っていた私もきっと同罪だ。

すっかり怯んだ私は、カウンターの中でじりじりと後ろに下がる。さりげなく厨房に逃げ込もうとしたのだけど、伸びてきたナオさんの手で腕を掴まれた。

「琴子は俺とこい」

「え、ど、どこに⁉　というか、だめですよ。今、勤務中ですから」

震える唇を必死で動かして拒否する。大きく首を左右に振ったけど、ナオさんはカウンターの外へ私を無理やり引っ張り出した。

「今日は早退だ」

「そんな……！」

いくらなんでも、メチャクチャすぎる。入り口に取って返すナオさんに引かれながら、何度も後ろの大鹿さんを振り返ったけど、哀れなものを見るようなまなざしを返された。

雇われ経営者の大鹿さんは、恩人でオーナーのナオさんには逆らえない。わかっている。でも、助けてほしい。

最後に縋るような表情で大鹿さんを見る。しかし、私の願いは叶えられることなく、目の前でバタンとドアが閉まった。

黙っていても怒りを感じ取れるくらい不機嫌なオーラ全開で、ナオさんはビルの中を進んでいく。ほとんど引き摺られるようにして連れていかれた場所を見て、私は目を瞠った。

「なんで……?」

大鹿さんのお店から階を一つ上った先、入り口の横に「愛エステ　ヴィーナス」という看板がかかっている。ここは前に私が働こうとして断られた風俗店だ。

自分の噂話をされていたことで、ナオさんが物凄く怒っているのはわかっているし、怒鳴られても貶されても仕方ないと思う。でも、どうして風俗店にきたの?

私が混乱してぼーっとしているうちに、ナオさんはドアを開けて中に入っていく。

赤やピンクが散らばった扇情的な配色のロビーには誰もいない。来店に気づいたスタッフの男性が奥から顔を出し、ナオさんを見るなりぎょっとした。

「あれ、郷良さん!?　って……なんですか一体?」

男性は続けて、ナオさんの後ろにいる私を見つけ、目を剝く。男性向けの風俗店に女連れで入ってきたのだから、驚かれて当然だった。

ナオさんはうろたえる男性を無視して、店の奥へと顎をしゃくる。

「奥の部屋は空いているか？」

「はい!?　いや、あの、だめですよ？　うちラブホじゃないんで。色々まずいって知ってますよね？」

「……空いているのかと、聞いている」

耳にしただけで震え上がりそうなほど低い声で凄まれ、男性はオロオロしながら眉尻を下げる。

困り果てて口をつぐむ男性を見たナオさんは「もし揉めた時には俺がなんとかしてやる」と言い置いて、また私の手を引いて歩きだした。

「え、ちょ……ナオさん!?」

勝手に入っていいの？

慌てる私に構わず、ナオさんは一番奥の部屋のドアを開けた。

中を確認する間もなく連れ込まれ、乱暴に放り投げられる。広いベッドの上に倒れ込んだ私は、顔をしかめてしまうほど強い力で腕を押さえつけられた。

無理やり、身体を仰向けにされる。

私を組み敷いたナオさんは、鼻に皺を寄せて鋭い視線を向けてきた。

「お前と愛人契約をした時『俺の素性について詮索をするな』と言ったよな？」

「……は、い」

彼の怒りが恐ろしくて、思わず声が震える。

小さく首を縦に振ると、ナオさんは何かを探るように目を細めた。

「では、なぜ、俺のことを大鹿に聞いたんだ？」

「き、聞いたんじゃなくて、話の流れでそうなってしまったというか……。でも、あの、大鹿さんはナオさんのことを恩人だって言ってて、陰口とか、そういうんじゃ……」

しどろもどろになりながら、必死で弁明をする。

ナオさんを貶していたのではないということだけはわかってほしくて、言葉を重ねたけど、彼は忌々しいと言わんばかりに大きく舌打ちをした。

「そんなことはどうでもいい。お前は、大鹿がベラベラとしゃべっていたのを止めもせずに、ただ聞いていただろう。あれは詮索と同じじゃないのか？」

「……それは……」

大鹿さんからナオさんの話を聞いたのは偶然のようなもので、私がそう仕向けたわけじゃない。でも、あの時、私がナオさんのことをもっと知りたいと思っていたのは、まぎれもない事実だった。

ナオさんの素性を明らかにしたって、何も変わらないというのはわかってる。それでも彼が好きだから、どんな些細なことでも知りたくなってしまう。

ナオさんは口を閉ざした私を見下ろし、フンと鼻であしらった。何も言われなくても、彼に鬱陶しがられていることは間違いない。

「何を勘違いしているのか知らないが、お前は俺の恋人でも妻でもない。金で契約した、ただの愛人だ。それをもう一度、教え込む必要がありそうだな」

彼の冷たい言葉が、私の心を切り刻む。

ナオさんに愛情がないことは最初からわかっていたけど、改めて言われるのは苦しくて泣きそうになった。

潤んだ瞳でナオさんを見上げる。酷薄な笑みを浮かべた彼は、私を押さえつけていた手を放し、するりと私の首元を撫でた。

「琴子は知らないだろうが、ここはこの店の特別室なんだよ。常連になって、店の信用を得られた客が、気に入りのキャストと変わったプレイを楽しむことができる」

急にこの風俗店のシステムを説明され、目をまたたかせた。

……彼は何が言いたいの?

ナオさんは私がぽかんとしていることに気づいていないのか、淀みなく話し続ける。

「オプションと追加料金はキャストによって様々だ。だが、まあ、比較的多いのが、ソフトSMなんだそうだ。そのために色々な道具も揃えてある。つまり、俺の言いつけに背いたお前への罰と、躾け直しに、打ってつけの場所というわけだ」

え……。

にわかには信じられない言葉に、ざあっと蒼褪めた。エッチなことに疎い私だって、SMが痛みを伴う行為だということはわかる。

冗談であってほしいという願いを込めてナオさんを見つめたけど、彼は表情を変えずに、私のシャツの襟を摑んで無理やり、左右に開いた。

糸がちぎれる音と同時に、ボタンが弾け飛ぶ。

「きゃあぁっ!!」

初めて暴力的な行為を目の当たりにした私は悲鳴を上げ、ギュッと身をこわばらせる。緊張しすぎた身体はガタガタ震えて、恐怖のせいで次々と涙が溢れた。

ボタンがいくつか取れただけだけど、服を壊されたという事実が私の心を黒く染めていく。もっとひどい目に遭わされるかもしれない……そう想像するだけで恐ろしくてたまらなくなった。

「い、いやっ、いやぁ……ナオさん、ごめんなさい。お願い、やめて……痛いのはいやなの……!」

何もかもかなぐり捨てて、必死で首を左右に振り立てる。止まらない涙が横に流れて、目元がベタベタになった。

怯える私を見たナオさんは、少し呆れたように眉を上げ、短い溜息を吐いた。

「まったく。本当に物覚えが悪いんだな。前にも言ったが、俺には女を痛めつけて愉しむような趣味はない。だいたいそんなことをしなくても、お前に言うことを聞かせるもっといい方法があるだろう？」

「……いい、方法？」

バカみたいに呆けて、彼の言葉を繰り返す。ナオさんは悪辣そうな笑みを浮かべて、ゆっくりとうなずいた。

初めに「抵抗するな」と命じてから、ナオさんはアイマスクで私の視界を遮った。ベッドに横たわっているから、周りが見えなくなったって危ないことはない。けど、真っ暗な世界が不安を煽る。

緊張と恐怖でただ震えているうちに、身に纏っていたものを全て剝ぎ取られた。

室内は空調が効いているはずなのに、寒いような気がして大きく身震いする。ナオさんは無言のまま、私の手首に幅が広いベルトのようなものを巻きつけた。

また手を縛られるのかな……？

自由を奪われるのは、目隠しと同じくらい怖い。それなのに、この前、屋上でいたぶられた時の快感を思い出してしまう。

他の人が入れない場所とはいえ、外でエッチなことをするのが恥ずかしくてつらくて……声を抑えきれないくらい乱れた。誰かに見られているかもしれないと思うほどに、身体が熱くなって……。

はしたない自身の反応を振り返り、軽く唇を噛む。

認めたくないことだけど、私はやっぱり淫乱で変態なのかもしれない。実際、今もひどくされるとわかっていながら、お腹の奥が熱を孕んでいた。

だんだん息が苦しくなってくる。短い呼吸をせわしなく繰り返しているうちに、足首にもベルト状のものをつけられた。

「ナオさん？」

今更、怖さが増してきて、ナオさんの名を呼ぶ。しかし彼は何も返事をすることなく、私の両手首を掴んで自分の方へと引っ張った。

自然に上半身が起き上がり、ベッドの上で座った状態にされる。そのままじっとしていると、今度は足首を動かされた。

アイマスクのせいで見えないけど、いわゆる体育座りのような格好をさせられているのは感覚でわかる。

彼の目的がわからずに内心で首をかしげたところで、下の方から金属が擦れるような音が、かすかに聞こえた。

「何？」

不思議に思い、とっさに右手を上げようとする。けど、一緒に右足首が引っ張られて、動いてしまった。

　もう一度、カチャリと音がして、左手も動かせなくなる。

「えっ、え!?」

　なんで手を動かそうとすると、足までついてくるの？

　混乱と焦りから、乱暴に腕を振って何が起きているのか確認しようとしたけど、ナオさんに肘を掴まれて止められた。

「暴れるな。無理に動かすと痕が残る。お前の手首と足首を繋いだだけだ。なかなかいい眺めだぞ」

「嘘……なんでそんな……！」

　ただ手を縛られるだけならまだしも、一緒に足の自由まで奪われるとは思っていなかった。

　驚愕の事態に茫然とする。

　ナオさんはククッと低く笑ったあと、私の肩を軽く押した。

「あ」

　何も見えず、身動きもできないせいで、自分の身体のバランスを保つことができない。手首に引かれて足先まで浮き上がる。私は彼のなすがまま、背中を丸めた姿勢でゆっくりと後ろに倒れていった。

てっきり仰向けで転がされるのだろうと思っていたら、背中が柔らかいもので支えられた。大きな枕というか……クッションを積んだもの？

いつの間に用意されたのかはわからないけど、寄りかかると少し身体が楽になった。息をつく暇もなく、ナオさんの両手が膝に当てられ、大きく足を開かされる。湿り始めていた足の付け根に空気が触れて、一瞬ひんやりと感じた。

「ひ、やぁ……っ」

もう彼には何度も見られているけど、秘部を晒すのはやっぱり抵抗がある。反射的に身をよじり、足を閉じようとしたけど、先に「このまま動かすな」と命令された。

「ううー」

見えなくたって、物凄く卑猥な格好をさせられているのはわかる。ナオさんの視線が注がれていることも。

こんなにはしたなくていやらしい姿を強要され、見られている……。いやなのに、隠したいのに、心とは裏腹に胸がドキドキして、身体が熱くなった。

「ナオさん、こんなの、いや……もう二度と詮索しないから、取ってください……」

プルプルと首を横に振って、泣き言を漏らす。

ナオさんは私の膝頭に手を置いた状態で、足の付け根にふうっと息を吹きかけてきた。

突然の刺激に驚き、身体が跳ね上がる。

「ひゃうっ！」

「ここを濡らしながら、いやだと言われても信じられん。ヒクヒクして気持ちよさそうだぞ。お前、拘束されて興奮しているだろう？」

「そ、そんなことは……っ」

からかうような調子で図星を指され、とっさに言い淀む。実際にちょっと気持ちよくなりかけているけど、それを認めるわけにはいかなかった。

ナオさんは私の太腿の内側に唇を寄せ、音を立てて吸いつく。それが更に甘い刺激となって、下腹部が震えた。

「あ、だめ……違う、の……あ、んん……っ」

「そんないやらしい声を上げているのに、何が『違う』んだ？　しかし、ここまでしても悦ぶようでは、罰にならないな」

暗にもっとひどくすると言われた気がして、キュッと身をすくませる。勝手に先を期待した身体が、また秘部を潤ませた。

ナオさんは私の膝に当てていた手を太腿の裏に滑らせ、足を押し上げるようにしてくる。そして、浮いたお尻の下に、すかさずクッションのようなものを詰め込んだ。

痛くはないけど、身体を二つに折り曲げられたような姿勢がちょっと苦しい。おそらく彼の目の前で、開いた割れ目からとろりと蜜が滴った。

カシャリ、とカメラのシャッターを切る音が響く。あれは前にも聞いたことがある、スマホのカメラのものだ。

「あ……あ……やめ……」

立て続けにシャッター音が鳴り、私の身体がガクガクと痙攣する。

こんなあられもない格好の自分を撮られている……そう認識した瞬間、激しい羞恥と恐怖に襲われた。

「いやあぁっ、やめて、やめてぇ！」

何度も首を左右に振って、身をよじる。溢れた涙がアイマスクに滲みて、冷たく感じた。

私の必死の抵抗にもかかわらず、ナオさんは楽しそうにクスクスと笑いながら、写真を撮り続けた。

一体、何枚撮られたのかわからない。やがて抗うことに疲れてぐったりしていると、大きな手のひらで頬を撫でられた。

「こうやって琴子が罰を受けているところを残しておけば、もし、またやった時に振り返って反省できるだろう？」

脅しと変わらないことをもっともらしく語ったナオさんは、スマホをどこかに置いて、両手で私の乳房に触れてきた。

柔らかい部分を握り込むように、強く揉みしだかれる。少しだけ痛い。けど、それ以上に甘い痺れが広がった。

いつも以上に感覚が強いのは、視界を遮られているせい？

「あ、は……あ、ぁ、んっ」

恥ずかしくて声を抑えたいと思っても、手が使えないから口を塞ぐこともできない。胸全体が熱っぽくなるほど捏ね回され、中心の尖りが硬く起ち上がった。

ジンジンする乳首に、柔らかく湿ったものが巻きつく。それがナオさんの舌だということは、何度も経験しているからわかる。

彼は片方の突起を転がすように舌全体で舐め上げ、もう片方を指先で摘んだ。

ピリピリした感覚が、両胸から響く。その痺れが秘部の肉芽に伝わり、触られてもいないのに疼きだした。

どうして胸を刺激されると、秘部まで気持ちよくなってしまうのか、自分の身体のことなのにわからない。でも、たまらない。

「あぁぁ……両方、は、よすぎる、からぁ……」

手足が拘束されているせいで、広がる快感を逃がすことができずに、私は大きく首を反らせて喘ぎを上げ続けた。

心臓の鼓動に合わせて、身体がビクビクと跳ねる。いたぶられ続けている胸の先と、秘部の割れ目、その奥の突起、全部が熱くて気持ちいい。

情欲に溺れて朦朧としていた私は、下腹部が急速にこわばっていくのを感じて、自分がイキそうになっているのだと気づいた。

「やっ、あ、だめ……イッ、ちゃう……！」

勝手に爪先が丸まり、太腿がブルブルと痙攣し始める。

ほとんど毎日エッチなことをしているから、イッたことは数えきれないくらいあるけど、胸への愛撫だけでこんなふうになるのは初めてだった。

ナオさんがフッと笑い、口に含んでいた乳首に歯を当てる。同時に指で刺激されていた方も強くよじり上げられ、私はあっさりと限界を超えた。

「ああっ、嘘……やぁ、あ、あ――……っ」

全身が一気に硬直し、きつく瞑った目の中に閃光が走る。甲高い悲鳴を上げて昇り詰めた私は、反動でがくりと脱力した。

足を広げた姿勢のままで、ひたすら荒い呼吸を繰り返す。

ゆっくりと身体を起こしたナオさんが、私の耳に口づけた。

「凄いな、琴子。今、胸だけでイッたぞ。お前の身体は本当に敏感だよな」

心底感心したような囁きのあとに、またカシャリと写真を撮られる。彼は私が乱れる様を全て記録するつもりらしい。

「やぁ……もう、写真、やだぁ……」

力なく頭を振って、撮らないでほしいと訴える。けど、ナオさんは「いやなことでなければ罰にならないだろう」と答えて、取り合ってくれなかった。

彼は私から一度離れ、今度は秘部に手を伸ばしてきた。イッたせいで潤みきった割れ目を大きく左右に開かれる。襞で堰き止められていた蜜が、お尻の間を勢いよく伝い落ちていった。

「う……見ない、で」

私がこんな普通じゃないエッチにも興奮しているのは事実だけど、恥ずかしいと感じる気持ちはなくならない。無駄なあがきだとわかっていながら、溢れる雫を止めるために、お尻に力を込めた。

しかし、秘部はそんな私を嘲笑うみたいに、いやらしい蜜を吐き出し続ける。まるで、ナオさんのものを欲しがり、涎を垂らしているように。

はしたない身体に打ちのめされ、鼻をすすり上げる。

ナオさんは「女が恐怖や羞恥で泣いているのがそそる」と前に言っていた通り、満足そうな笑い声を上げて、割れ目の中心を軽く突いてきた。

「あっ、ああ、あ」

途端にゾクゾクした震えが突き抜け、声が裏返る。指ほどは硬くないから、きっと舐められているのだろう。

いやなのに、快感から逃れられない。秘部は彼の愛撫を悦んで受け入れ、続きをせがむようにわななないた。

ナオさんは子犬がミルクを飲む時みたいに、私から流れ出る蜜をペロペロと舐めている。気持ちいい……でも、もどかしくて苦しい。いつものようにそこを強く吸い立てて、甘噛みし、なぶってほしいと、無意識に願ってしまう。

思わず口から出そうになったおねだりを、私は慌てて呑み込んだ。

そのまま、どれくらいの間、焦らされ続けていたんだろう？　ほんの僅かだった気もするし、ひどく長かったようにも思うけど、感覚が昂り続けているせいで次第に意識が朦朧としてきた。

身体の中でくすぶる熱が頭に伝わって、気持ちよくなること以外はどうでもいいような気になってくる。

割れ目を優しく撫でるだけの刺激じゃ足りない。もっと激しい愛撫で、溜まりきった淡い快感を発散させたい。

「は、あ……もっと……」

いよいよ我慢できなくなった私の口から、はしたない願いがこぼれ出る。同時に不自由な身体を揺らして、更に強い刺激を求めた。

ナオさんが「ん？」と呟いて、秘部から舌を除ける。たぶん、顔を上げたんだろう。

「どうした、琴子？」

「あ、やだ。やめちゃいやぁ」

もじもじと身をよじり、続きをねだる。ナオさんは私の足を押さえつけるようにして、内腿のきわどいところをさすりだした。

「ふうん？　もっと、どうして欲しいんだ？」

彼には私が望んでいることなんて、お見通しのはずなのに、わざとらしく質問を投げかけてくる。

「あ、う……」

さすがに具体的なことを伝えるのは恥ずかしい。私が口に出すのをためらっていると、ナオさんはまた割れ目に軽く唇を押し当ててきた。

そっと吸いついては、離すのを繰り返す。優しく労わるような愛撫は、今の私にとっては苦痛でしかない。

「やぁ、それ、いや……もっと……気持ちいいとこ、強くしてぇ……」

これ以上焦らされたくなくて、私は泣きながら卑猥な願いを声に出す。

ナオさんは短く相槌を打って、割れ目の中に潜む突起を指先で軽く押した。

「強くされたいのは、ここか？」

「あ、そこっ！」

待ち望んでいた快感をほんの少しだけ与えられ、期待が膨らむ。やっとイカせてもらえると安堵しかけたところで、なぜか右手の拘束を解かれた。

「ナオさん？」

片方だけでも自由にしてもらえたのは嬉しいし、身体も楽になる。だけど、どうして？

不思議に思い、軽く首を捻ると、動かせるようになった右手に硬くて丸い何かを握らされた。

……なんだろう。ツルツルしていて、手に収まる大きさの割にはちょっと重い。

私が丸いものの正体を聞く前に、手の中のそれが小刻みに震えだした。

「えっ、何!?」

驚いてとっさに手を放す。ナオさんは私が取り落としたものを拾い、もう一度右手に押しつけてきた。

「こいつは女が気持ちよくなるための道具でな。敏感な部分に押し当てたり、中に入れたりして振動を楽しむんだ。特殊なマッサージ器ってところか」

なんでもないことのように聞かされた、信じられない説明にスーッと血の気が引く。そんな淫らな道具があるなんて知らなかった。

物凄くいやな予感がして、ぶるりと震える。

「何、言って……まさか……」

「ああ。気持ちよくなりたいなら、自分でこれを使え。ここのキャストに聞いたら、癖になるほどいいものだそうだ」

「い、いやです、こんなの！」

大きく首を横に振って、絶対にお断りだと態度に出す。無理やり持たされた丸いものを、勢い任せに投げ捨てようとしたけど、それごとナオさんに手を握られた。

続けて、盛大な溜息が聞こえてくる。

「まったく。お前は罰を受けていることを忘れているのか？　それで自分を慰めるのがいやなら、このまま朝まで放置してもいいんだぞ？」

ナオさんは私を突き放すように脅してくる。つらくて悲しくて、ボロボロと涙がこぼれた。

「……う……っ、ひどい。ナオさんに、してほし……のに」

格好悪くしゃくり上げながら、ナオさんを詰ってしまう。

彼の秘密を知りたい気持ちがあったことも、大鹿さんの話を止めなかったのも事実で、私が悪かったのかもしれないけど、エッチな道具を使って一人でイケだなんてひどすぎる。

メソメソと泣き続けていると、ナオさんは呆れたと言わんばかりにまた溜息を吐いた。

「わかった。もう二度としないと誓うなら、俺が手伝ってやる」

「ごめ……なさい。もう、絶対に、しません……ごめんなさい……ごめ」

涙声で途切れ途切れになりつつ、何度も謝る。

彼は謝罪の言葉を遮るように荒っぽく私の頬を撫でて、アイマスクを取り去った。

パッと目の前が明るくなり、反射的に目を瞑る。私が明るさに慣れないうちに、唇を奪われた。

「ん、む、ぅ……」

ナオさんが私の口を強引にこじ開ける。

続けて中をしつこく舐め回され、縮こまる舌まで吸い上げられて、柔らかく食まれた。

少し痛い。でも、気持ちいい。なんの根拠もないけど愛情が込められている気がするから、キスは好きだ。

私の方からも舌を動かして、彼の唇を舐めた。

ナオさんが離れていくのに気づいて、恐る恐る瞼を上げる。やっと見えるようになった目を向けると、彼は思ったよりも穏やかな表情をしていた。

私がほっとするのと同時に、ナオさんが口の端を上げる。

「琴子もよく反省したようだから、ここからは罰じゃなく、ご褒美をやろう」

「……ご褒美？」

元はと言えば私が悪いのだから、反省するのは当たり前だ。それに対して褒められるのはおかしい。

いらないという意味を込めて首を横に振ろうとしたのだけど、それより早く右手を掴まれ下腹部へと導かれた。

ハッとした時にはもう遅く、手を上から押さえつけられてしまう。持ったままのものが当てられているのは、ちょうど敏感な花芽の上で……。

「嘘、やっ、あ、ぃ――――っ!!」

かすかな音を立てて手の中が震えだす。機械特有の振動が伝わり、私は瞬間的に叫び声を上げていた。

暴力に近い快感を与えられ、一気に絶頂まで押し上げられる。全身が硬直してガタガタと痙攣し、息が途切れた。

ビリビリして痛くて苦しくて、気持ちいいとはとても思えないのに、身体は立て続けに昇り詰める。絶え間ない振動で力を抜くことさえできない。

全身が汗でビショビショになり、なぶられている突起の下からは、いやらしい水が勢いよく噴き出した。

「ああ、凄いな。潮を噴くほど気持ちいいのか?」

私を見下ろしたナオさんは楽しそうに目を細め、そんなことを聞いてくる。

激しい快楽に溺れ、半狂乱の私には当然答えられない。ただだらしなく涎をこぼして、呻き声を上げるしかできなかった。

まともに呼吸ができないせいで、目の前がかすみ始める。覚束ない意識の中で、もうだめだと感じたのと同時に、秘部への刺激がぴたりとやんだ。

どこにスイッチがあるのかわからないけど、ナオさんが振動を止めたらしい。

こわばっていた身体が一度に弛緩する。イキすぎたせいで熱くて、苦しくて、わけがわからない。力の入らない手から、私を苛んでいたものが転がり落ちていった。

気を失いかけた状態で呼吸を繰り返していると、秘部の割れ目を温くて太いものでなぞり上げられた。

硬く張り詰めているのに、吸いつくような感触のそれは、間違いなくナオさんのもの。

私はこれから彼がしようとしている行為を察して、ゆるゆると頭を振った。

「まだ、だめ……無理……壊れ、ちゃう……」

「大丈夫だ。女の身体はそんなに柔じゃない」

ナオさんは自分勝手にそう決めつけて、自身の先端で私の襞を割り開く。

「やあぁ、待って……待ってぇ……」

震える右手を突っ張り、ナオさんの肩を必死で押し返そうとしたけど、彼は私の抵抗をものともしないで楔を最奥まで突き入れてきた。

「あ、あぁぁっ」

落ち着かないまま、新たな快感に襲われ、目の前に星が飛ぶ。

何度も達したせいでとろけている内壁は、私の意識とは逆にナオさんを受け入れ締めつけた。

一度深く腰を沈めた彼は、私の反応を見るようにゆっくりと抜き挿しを始める。無理やり、事を進める癖に時々優しくて、一層、心が囚われた。

「はぁ、ナオさ、ん……」

自由に動かせる方の手を伸ばして、ナオさんの首に巻きつける。拘束されるのは刺激的だけど、彼を抱き締められないのがつらい。

ナオさんは縋りつく私を見て低く笑った。

「口では抵抗するようなことを言いながら、随分と乗り気だな。お前のここも、悦んで震えているじゃないか」

私をからかうような言葉とともに、ぐりっと最奥を抉られる。重い快感が全身に響いて、また下腹部がこわばった。

ゆっくりだけど休みなく中を擦られて、体内の熱がぐんぐん上がっていく。茹りきった頭では、もうまともな思考ができない。

あまりの熱さで理性が焼き尽くされ、剥き出しになった感情が口からボロボロこぼれだした。

「あ、あ、だって、好き、だから……ナオさん、が、好きぃ……！」

「はっ、本当か？　琴子は敏感すぎるからな。気持ちよくしてくれる男なら、俺でなくてもいいんじゃないのか？」

ひどい疑いの言葉を投げつけられ、新たな涙が溢れる。

「違う……違うのっ……好き、なのは、ナオさんだけ」

まるで「好き」という言葉しか知らないみたいに、何度も何度も繰り返す。

エッチな触れ合いも、いじわるされてなお傍にいたいと思うのも、言いつけを破って素性を知りたがったのも、全部、彼が好きだからだ。

胸の中にある感情を全て吐き出し終わる頃には、抽送が激しいものになっていた。ガツガツと秘部を穿たれ、目の前が白んでいく。

「ひ、う、あぁぁ……もう、もうだめっ……イッちゃう、も、無理、あ、ぁ、イク……!!」

がむしゃらに頭を振って、絶頂が近いことを喚き立てる。

ナオさんは私の奥の奥に自分の先端を押し当て、ぐりぐりと腰を回した。

「くっ……俺も、限界だ……！」

欲に呑まれ、いつも以上に熱っぽい声で、ナオさんが最後を告げてくる。

痛いほどに強く抱き合い、唇を合わせた瞬間、お腹の奥で彼が大きく跳ねた。同時に私も極まって、無の世界へと放り出される。

「んんぅ――――っ!!」

喉の奥から悲鳴が迸り、一気に意識が落ち込んでいく。最後にもう一度「ごめんなさい」を伝えたかったけど、私はなすすべなく闇に呑み込まれた。

5　明かされる真実

私がナオさんの素性を知りたがったことを責められ、風俗店で手ひどく抱かれた翌日、大鹿さんから「しばらく仕事にこなくていい」という連絡がきた。

一瞬、怒りの収まらないナオさんが、オーナーの権限を使って私を解雇したのかと思ったけど、違うらしい。電話口でオロオロする私に、大鹿さんは「絶対に内緒だよ」と念を押した上で、ナオさんの仕事が少し面倒な状況になっていて、私という愛人がいることを敵方に知られると困るのだと教えてくれた。

万が一、ナオさんと敵対している人たちに、私が利用されるのを警戒しているのだという。

お金で繋がっているだけの愛人に、利用価値なんてなさそうな気がするけど、私としてもナオさんの邪魔になるのはいやだ。

そんなわけで、私は突然の有給休暇を与えられ、部屋に閉じこもって生活することになってしまった。

朝はナオさんの出かける時間に合わせて起きて、ご飯を作り、一緒に食べる。彼を見送ったあとは、家事をして、ネットスーパーに食材や日用品を注文。それを大鹿さんのお店へ届くように手配してから、残りもので昼食を済ませ、午後は自由な時間。夕方になったら大鹿さんから食材等を受け取って、夕食の支度だ。ナオさんが帰宅するのを待って、ご飯を食べて……お風呂は別々の時も、一緒に入る時もある。そのままバスルームでエッチなことをする時も。場所は色々だけど、ほとんど毎晩、わけがわからなくなるくらいドロドロに融かされて、気を失うように眠り、一日が終わるのだ。

最初の三日は急な生活の変化に戸惑っていた。四日目は何もしなくていい時間というものを満喫した。五日目は何もせずにいる自分が怠けているように思えて不安になった。

ナオさんの事情について、本人から詳しい話はされていない。ただ「極力、出歩くな」と言われただけ。たぶん、私を不安にさせないようにしているのだろう。

彼のそういう優しさが嬉しい反面、打ち明けてくれないことが少し寂しかった。

六日目の今日は月曜日で、おばあちゃんの様子を見にいく日。

ナオさんのことを考えて、普段は部屋から出ないようにしているけど、おばあちゃんの面会だけはどうしても譲れない。彼もそれはわかっていたようで「婆さんのところへいくならハイヤーを呼べ」という言葉とともにクレジットカードを渡された。

初め、ハイヤーが何かわからなかったけど、貸切りの高級タクシーのことらしい。

おばあちゃんに会いにいくだけでタクシーを使うのは大げさだし、お金の無駄遣いだ。私はいつものように電車とバスで大丈夫だと答えたけど、送迎にタクシーを使わないなら大鹿さんに付き添わせると脅された。

定休日でのんびりしているはずの大鹿さんに迷惑をかけるわけにはいかない。私はナオさんの指示に従い、タクシーでおばあちゃんがお世話になっている介護施設へと向かった。

いつものようにおばあちゃんの傍で二時間ほど過ごし、介護施設をあとにする。帰りのタクシーを呼ぶためにスマホを取り出したところで、男性の声が聞こえた。

「あっ。あの、ちょっといいですか?」

「はい?」

声がした方に顔を向けると、少し離れた場所にいたスーツ姿の男性が、小走りで近づいてきた。

明るい茶色のウェーブヘアが、振動でふわふわと揺れている。日焼けとは縁がなさそうな白い肌と華奢な体型のその人は、私の前で柔らかく微笑んだ。

パッと見は凄く若そうだけど、よくよく確認してみれば、結構、年上っぽい。たぶん、ナオさんと同じくらいなんだろう。

男性は軽く首をかしげて「栗村琴子さんですよね?」と質問してきた。

……誰?

唐突に自分の名前を出され、キュッと身をこわばらせる。初対面なのに私の名前を知っているなんて、怪しいことこの上ない。

警戒しているのを隠さずに軽く睨むと、男性は何かに気づいたように「ああ!」と声を上げて手を打った。

「すみません。先に名乗るべきでしたね。僕はこういう者です」

男性は上着の内ポケットから名刺入れを取り出し、私に一枚渡してくる。受け取った名刺には「郷良通商株式会社　執行役員　郷良日呂」と印刷されていた。

「……郷良、日呂さん?」

郷良というのは、ナオさんと同じ苗字だ。それに「郷良通商株式会社」って……。

よくある苗字じゃないから、この男性がナオさんの関係者なのは間違いない。おかしな胸騒ぎを感じながら目を向けると、日呂さんは笑顔のままで大きくうなずいた。

「はい。栗村さんがお付き合いをされているのは、僕の兄なんです」

「えっ」

にわかには信じられない話に目を瞠る。日呂さんて、ナオさんの弟なの!?

思わず食い入るように見つめてしまう。

目の前の日呂さんは、細身の体型に優しげな風貌、しゃべり方も柔らかい。対して、ナオさんは無口で雰囲気が鋭く、ちょっと怖いくらいに迫力のある人だ。どちらもイケメンとはいえ、はっきり言って真逆の見た目だった。

私の視線に気づいた日呂さんは、少し照れくさそうにはにかむ。

「ちょっとした事情があって、母親が違うもので、あまり似ていないんですけどね。でも鼻と口の形は、僕も兄も父親似かなぁ？」

そう言われれば、確かに鼻と口は二人とも似ている気がする。それに……こう言ってはなんだけど、得体の知れない感じも共通していた。

日呂さんの言葉に内心でうなずいていると、彼は綺麗な笑みを浮かべて首をかしげた。

「信じてもらえました？」

「……はい、まあ。でもどうして、弟さんが私のところに？」

警戒は解かずに聞き返す。日呂さんは少し困ったように頭を掻いたあと、駅の方を指差した。

「とりあえず、ここで立ち話もアレなので、歩きながら話します」

そう言うなり、彼はすたすたと歩きだす。ちょっと強引なところも、ナオさんに似ているようだ。

送迎にタクシーを使えというナオさんの命令に背くことになるけど、相手が弟さんでは仕方ない。私は小さく溜息を吐いて、日呂さんのあとに続いた。

歩きだしてすぐ、彼が私に歩調を合わせてくれていると気づいた。

以前、堂々と「俺の方からお前に合わせて歩くのは無理だ。女との歩調の揃え方がわからん」と言っていたナオさんの姿を思い出す。

きっと、普通ならスマートな対応ができる日呂さんにときめくところなのだろう。でも私にとっては、不器用で正直なナオさんが微笑ましくて愛おしかった。

少しの沈黙のあと、日呂さんが「えーと」と前置きする。私が黙って続きを促すと、彼は言いにくそうに謝ってきた。

「まずは謝罪させてください。勝手に栗村さんのことを調べて、突然、押しかけてしまって、本当にすみません」

「え、いえ。それは別に構いませんけど……お兄さんから私のことを聞いたんじゃないんですか?」

てっきりナオさんが話したのかと思っていたのに、違うらしい。

日呂さんは溜息に合わせて、ゆっくりとうなずいた。

「はい。正確には僕じゃなくて、父が調べたんですけどね。……兄はまあ、ああいう性格ですから、僕らには何も話してくれませんし」

ぽつりと寂しそうにつけ足した日呂さんは、うつむきかげんで首を横に振る。

どうやら、ナオさんのクールでドライな性格は、血を分けた家族に対しても同じらしい。

「そうですか」

「ええ。家族の恥を晒すようで恥ずかしい限りなんですけど、僕は父から栗村さんがどんな女性なのか、直接会って確かめるように言われて……」

「私を？」

なぜ、ナオさんのお父さんが私を気にするのかわからずに、日呂さんを見つめる。私の視線を受け止めた彼は、居心地が悪そうに目をそらし、小さく咳払いをした。

「つまり、その、栗村さんが郷良家にふさわしいかどうか、ということです」

ますます言われている意味がわからなくて、何度もまばたきをする。

日呂さんは私がきょとんとしていることに気づかないまま、説明を続けた。

「栗村さんもご存じでしょうけど、郷良家はかなり大きな会社を経営しています。その長男である兄は、次期社長の最有力候補です。ですから、父は兄が交際している女性の人柄を確認しなくてはいけないいんですよ。たとえ兄に嫌悪されるとしても」

次々と知らなかった事実が明かされ、唖然としてしまう。

……ナオさんて、ヤクザじゃなかったの？

日呂さんの話を信じるなら、ナオさんは大企業を経営する家の跡取り息子ということだ。

そして、私はナオさんと将来の約束をした恋人のように思われている……？

「あの、たぶん、何か勘違いをされてるような……。私とお兄さんはそういう関係じゃないです。私が仕事と住んでいた場所を失くして困っていたところを、助けてくれただけなんです」

「ふうん。でも、肉体関係はありますよね？　兄は見返りのない善行なんてする人間じゃない。援助する代わりに身体を差し出せと言われませんでしたか？」

すかさず、あけすけな質問を返され、ぐっと言葉に詰まる。確かにそれに近いことは言われたけど、恥ずかしすぎて答えることができない。

頬を染めて、小さく震えていると、日呂さんは気遣わしげなまなざしをよこした。

「何か、兄からひどい目に遭わされていたり、脅されたりしているわけじゃないですよね？」

「えっ、ち、違います！　凄くよくしてもらってて……私が一方的に想いを寄せているだけなんです」

「兄とは、恋愛関係じゃないと？」

「……はい。利害関係で契約しただけの愛人だと、はっきり言われていますから。もちろん、普通の交際や結婚が無理なのはわかっています。お兄さんの邪魔はしませんし……私がいらなくなった時には身を引くつもりです」

本当は、未来のことなんて考えたくない。ずっとこのまま、ナオさんの傍で暮らしていたい。でも、私たちの関係に期限があることは、初めからわかっていた。

私の説明を聞いた日呂さんは、あからさまに不満げな顔をする。

「はあ、まったく。立場の弱い女性につけ込んでいいようにするなんて、我が兄ながら男として軽蔑しますね。あの人はいつもそうだ。自分の思う通りにするためなら手段を選ばない。他の人間が傷つくことなど気にも留めないんです」

日呂さんはうんざりした様子で、ナオさんを非難し始めた。

確かに事実だけを挙げれば、そう見えるのかもしれない。けど、私とおばあちゃんは、ナオさんのおかげで助かったし、愛人にされても幸せで、傷つけられたこともなかった。

「え、えーと、さっきも言いましたけど、お兄さんには色々と助けてもらってて、そんなにひどい人じゃないと思います。ちょっとわかりにくいだけで、実は優しいところもありますし」

苛立っているらしい日呂さんに反論するのは怖いけど、ナオさんを誤解してほしくなくて口を挟む。

私のフォローに少し呆れたような顔をした日呂さんは、きっぱりと頭を振った。

「いいえ。あの兄が自分勝手なのは昔からなんです。今回だって仕事を放棄して家を飛び出し、滞在先であなたを騙して……。同じ郷良家の人間として恥ずべきことだ。きっと、自分が次期社長の座から降ろされることはないと思い上がっているんですよ！」

話をしているうちに感情がエスカレートしてきたのか、日呂さんの語気が荒くなる。

驚いて思わず足を止めると、彼はハッとして自分の額を撫でた。

「……すみません、つい興奮してしまって。もうずっと兄には迷惑をかけられ通しなものですから」

「いえ……」

素早く首を横に振って、平気だと返す。

ナオさんと日呂さんが、今までどういうふうに過ごしてきたのかはわからない。でも、純粋に仲がいいというだけの兄弟ではなさそうだ。

それに、さっき日呂さんが言ったことは真実と少し違うと思う。

彼は「兄が身勝手に家を出て、仕事を怠けている」と思い込んでいるようだけど、ナオさんが何か目的を持って今の生活を続けているのは確かだ。

実際、ナオさんの秘書だというユキノさんが、状況報告とともに必要書類らしきものを持ってきたのだから、間違いない。

……ナオさんは家族から隠れて、一体何をしているの？

私が有給休暇を強制的に取らされた時、事情を知っているらしい大鹿さんは、ナオさんに敵対している人がいるのだとはっきり言っていた。その前にも、頻繁に襲われるというナオさんが、拘束具を持ち歩いているのを見た……というか……使われた。

今まではナオさんをヤクザの関係者だと信じていたから、敵がいるのは当然のことだと思っていたけど、一般人なら話は別だ。おそらく、私には想像がつかないような、やっかいなことに関わっているのだろう。

急に不安が込み上げてくる。

いつも振り回されているという日呂さんには悪いけど、私はナオさんのことが心配でたまらなくなっていた。


そのあと日呂さんは、介護施設の最寄り駅まで私を送ってくれた。

そして別れ際「もし何かあった時に連絡したいから」と言われ、電話番号を交換した。

おばあちゃんの介護施設で待ち伏せするくらい、私のことを調べているのだから、電話番号なんてとっくに知っていると思うけど、日呂さんは私の許可なくかけることはしたくないらしい。律儀な人だ。

最後まで私のことを気遣ってくれた日呂さんは「栗村さんが兄から責められるといけないので、僕と会ったことは黙っていてください」と言い置いて去っていった。

ナオさんと大鹿さんの心配をよそに、何事もなく帰宅した私は、いつも通りに夕飯の支度をして、食事用のイスに腰かけた。

まだナオさんは出先から戻ってこない。

私はテーブルの隅の置いてあったスマホを引き寄せ、ロックを解除する。インターネットのブラウザをタップして、検索窓に「郷良通商株式会社」と入力した。

検索結果の一番上を開いてみれば、ちょっと堅い感じのオフィシャルサイトが表示される。そこには、エネルギー産業の開発と投資を主に行っている商社だという説明があった。

細かい経営理念が書かれたページの脇に、ブラックスーツを着た六十歳くらいの男性の写真と「代表取締役社長　郷良真志（まさし）」という名前が掲載されている。一見した瞬間、この人がナオさんと日呂さんのお父さんだとわかった。

自信に溢れた笑みを浮かべる男性は、年代こそ違っているけど、ナオさんとそっくりだ。まるで彼の三十年後を見ているよう。

変にドキドキしながら役員紹介のページを開くと、十人ほどいる執行役員の中に日呂さんの名前があった。そして……。

「――取締役専務　郷良尚央（なお）」

スマホの画面を見つめ、ぽつりとその名前を呟く。

もしかして、ナオさんの名前は……尚央なの？

最初に彼が自分のことを「ナオと呼べ」と言ったのは、私に素性を知られないための策じゃなくて、本名だったから？

　震える手からスマホが滑り落ち、テーブルとぶつかって鈍い音を立てる。

　前に大鹿さんが「ゴウさんが琴ちゃんに自分のことを『ナオ』って呼ばせてるのも――」と言いかけていたのは、偽名ではなく本当の名前だと教えてくれようとしたのだろう。

「う……」

　真実を知った途端に胸の奥が熱くなり、瞳が潤む。

　自分のテリトリーに女性を入れたがらないというナオさんが、私をここに住まわせてくれたこと。私が作る料理を食べてくれること。……そして、他の人とは違う「ナオ」という呼び名を許していること。その全てが彼の想いに繋がるような気がして泣きたくなった。

　もちろん、ナオさんが私と同じだけの愛情を返してくれているとは思っていない。きっと「まあまあ気に入っている」か「他の女よりはマシ」程度だ。それでも嬉しくて、心が喜びで満たされた。

　まるでタイミングを計ったように、部屋のドアが開く。ナオさんが帰ってきたのだ。

　いまだに「ただいま」の挨拶ができないナオさんを見つめると、彼は急に険しい表情を浮かべて私に近づき、顔を寄せてきた。

「なぜ、泣いている？　外で何かあったのか？」

「えっ、あ、これは、違います。め、目にゴミが入っただけで……」

しどろもどろにベタな言いわけをして、手で目元を押さえる。

ナオさんに嘘を吐くのは心苦しいけど、もし本当の理由を明かせば、日呂さんが私に会いにきたと話さなければいけない。結果的にナオさんの素性を詮索したことにもなるから、またひどく責められるに違いなかった。

ナオさんのエッチな罰は苦しいけど気持ちよくて、本当はそんなにつらくない。ただ、彼を不機嫌にしてしまうのと、ガッカリされるのがいやだった。

私の嘘っぽい理由を信じてくれたのか、ナオさんがちょっと呆れたように息を吐く。

おかえりなさいのキスがしたいな……なんて、こっそり甘ったるいことを考えていると、唐突に鼻を摘まれた。

「いひゃっ!?」

ビックリしてギュッと目を瞑った拍子に、溜まっていた涙がポロリとこぼれ落ちる。流れる涙を舐め取ったナオさんは、ククッとおかしそうに笑った。

「これで、ゴミは取れただろう?」

「うう、ひどいれすー……」

鼻を摘まれたまま、不満の声を上げる。

ナオさんは更に大きな笑い声を上げて、手を放し、洗面所へと向かった。

ちょっとヒリヒリする鼻をさすりながら、彼が立てる水音を聞く。

いつまで経っても「ただいま」が言えないナオさんだけど、帰宅した時は必ず手を洗うように注意し続けていたら、黙っていてもやってくれるようになった。

一緒に暮らしているうちに、少しずつ変わってきた私と彼の関係。二人の距離が僅かでも縮まっているのを感じるたびに、もっと近づきたいという欲が出てくる。

……だけど、私たちには、もうそんなに長い時間は残されていないのだろう。

ナオさんが密かに進めている仕事というのが何かはわからないけど、彼の家族に私の存在が知られてしまった。

大企業の跡取りであるナオさんと、学歴も美貌もない貧乏人の私が釣り合わないのは、自分でもわかってる。おそらく近いうちに、ナオさんのお父さんか、日呂さんから別れるように言われるはずだ。

ナオさんの心と身体に触れて浮ついていた気持ちが、スーッと冷たくなる。

終わりの時を思えば、やっぱりつらい。でも、仕方ない。

さっきとは違う理由で浮かんだ涙を指の背で払い、そっと苦笑いをする。

私は落としたスマホを取り上げて、検索履歴を消したあと、夕ごはんの仕上げをするために立ち上がった。

翌日の夕方。私はキッチンスペースで、大鹿さんから前に教わったステアの練習をしていた。

いつお店に復帰できるのかはわからないし、もしかしたらこのまま辞めさせられてしまうかもしれないけど、はっきりしないうちは諦めたくない。もし無駄になるとしても、何もせずにぼんやりしているよりは遥かにマシだった。

ロングのグラスに氷をそっと積んでいく。そこに水を入れて、バー・スプーンを回転させてみた。本当はもっと素早くやらなければいけないのだけど、まずは正しい形を覚えることが先だ。

大鹿さんがやっていたのを思い出しながら、もう一度、同じように中指と薬指を動かす。グラスの中でバー・スプーンがぎこちなく回りだした。

「うーん……やっぱりなんか違うなあ」

独り言を漏らし、首を捻る。グラスからバー・スプーンを取り出して、先端の動きを確認しながらゆっくり回転させた。

繰り返し動かしているうちに、中指と薬指がつりそうになってくる。たぶん、いらない力が入っているのだろう。

「早く慣れないと、腱鞘炎になりそう」

不器用な自分を情けなく思い、溜息を吐く。と、ポケットに入れていたスマホから、着信音が鳴りだした。

「わっ」

驚いて声を上げたのと同時に、バー・スプーンを取り落とす。ステンレス製のバー・スプーンは作業台に置いてあったグラスの縁を引っかけ、一緒に流し台の中へ転がり落ちた。

派手な音に身をすくませる。ハッとして流しを覗き込むと、グラスにヒビが入っていた。

「あぁー……」

急降下していく気持ちが声になってこぼれ出る。がっくりと肩を落とし、まだ鳴り続けているスマホを取り出した。

画面に表示されている名前が、落ち込む私に追い打ちをかけてくる。電話をかけてきたのは日呂さんだった。

近いうちに連絡がくるだろうとは予想していたけど、こんなに早いなんて……。

震えそうになる指をなんとか動かし、電話を受ける。恐る恐るスマホを耳に当てると、緊張しているような硬い声が聞こえた。

「もしもし。昨日お会いした郷良日呂と申します」

「あ、はい。栗村です。昨日はどうも……」

日呂さんを拒絶する気はないけど、友好的にしすぎるのもおかしな気がして、曖昧な挨拶を返す。

私の返事を聞いた日呂さんは、少しほっとしたように「繋がってよかった」と呟いた。

「兄には僕が昨日会いにいったことを知られていませんか？　できるだけ気づかれないように注意はしているんですけど、栗村さんが八つ当たりされたり、ひどい目に遭わされたりしていないか心配で……」

「えっ……そういうのはまったくないです。あの、ご心配おかけしてすみません。ありがとうございます」

正確には私のせいじゃないんだろうけど、ほぼ初対面の人に心配をかけたことが、申しわけなくなってしまう。

私が謝罪と感謝を伝えると、日呂さんは少し慌てたような声を上げた。

「いえいえ！　元はと言えば、身勝手な兄が悪いんです。……それで、その兄のことで、栗村さんにお伝えしたいことがありまして」

日呂さんの声の調子からして「お伝えしたいこと」が、よくない知らせなのは間違いない。昨夜想像した「ナオさんと別れさせられる未来」がすぐ目の前に迫っているのを感じて、私は静かに唾を呑み込んだ。

「……はい」

「実は父が、あなたと兄の関係について、かなり腹を立てているようで」

「ええ」

予想通りの展開に相槌を打ち、うなずく。私みたいな何もない女が、ナオさんにふさわしくないのは、わかりきっている。

日呂さんはそこで一度無言になり、ふうっと小さく息を吐いた。

「それで、兄を後継者候補から外すと言い出したんです」

「え……？」

「あっ、栗村さんが悪いというんじゃないですよ？　父は、仕事を放棄した上、若いお嬢さんを傷ものにした兄の行いが許しがたいと言っていて――」

「ちょ、ちょっと待ってください！」

慌てて日呂さんの話を遮る。私はスマホを力いっぱい握り締め、大きく首を左右に振った。

「どうしてそういうことになるんですか⁉　確かにナオさんは家を出て、会社の仕事もちゃんとしてないかもですけど、それには理由があるはずなんです。誰かと敵対してるらしくて、しょっちゅう危ない目にも遭ってるみたいだし、ただ怠けているのとは絶対に違います！」

ナオさんが我が儘で仕事をサボっているわけじゃないと、一生懸命説明する。しかし、日呂さんの対応は冷ややかだった。

「へえ。でも、それ、証拠はあるんですか？　栗村さんが兄を大事に想っているのは理解していますけど、証拠がなければ父は考えを変えませんよ」

淡々と指摘され、唇を噛む。

「……証拠は、ありません……けど、ナオさんはそんな無責任な人じゃない、と思います」

「そういう主観的なことを言われても、困るんですよね」

日呂さんはそう言って、私の意見をバッサリと切り捨てた。

悔しい。ナオさんはそんな人じゃないのに……。

わかってもらえないことがつらくて、腹立たしくて、目に涙が浮いた。

気まずい沈黙が流れる。いやな雰囲気を払うように、日呂さんが長い溜息を吐いた。

「まあ、とりあえず兄の処遇はどうでもいいです。父は、栗村さんにすまないことをしたと気に病んでいて、慰謝料の相談をしたいと言っています。できれば早急に」

「はい？」

……慰謝料？

「さっきも言いましたけど、兄があなたにしたことは、あの人を止められなかった郷良家の責任です。お金で解決するのは個人的にどうかと思わないでもないんですけど、他にいい方法もありませんし、穏便に示談でお願いできればと……」

日呂さんの提案を理解した瞬間、怒りで眉間がカッと熱くなった。

「そんな……お金なんていりません！　私はナオさんによくしてもらっていて、感謝してるって言いましたよね？　どうして彼がひどいことをしていると決めつけるんですか!?」

感情に任せて声を荒らげる。

私に非難された日呂さんは、弱りきった声で「それを僕に言われても」と漏らした。

「うちの父はちょっと頑固というのか、思い込んだら他の意見を聞かないところがあって。まあ、そういう勝手っぽいところは、兄とよく似ているんですけどね。僕から栗村さんの気持ちを伝えても、おそらく聞き入れないと思います」

「ええっ!?」

私が慰謝料をいらないと言っているのに、それではナオさんのお父さんは納得しないらしい。迷惑な話だ。

つい不満を声に出すと、電話の向こうの日呂さんは何かを考えるように低く唸った。

「うーん。じゃあ、栗村さんが直に父と話してみますか？　立場上、忙しい人なので、なかなか時間が取れないんですけど、今夜なら会社にいるはずですよ」

反射的に「お断りします」と言いそうになったけど、口をつぐみ、必死で苛立ちを抑える。

今、私が日呂さんに怒りをぶつけたところで、何も変わらない。ナオさんは出来の悪い息子だと誤解されたまま、次期社長の座を追われてしまうのだろう。

それなら私がお父さんに会いにいって、少しでも考えを改めてもらえるように説得するべきだ。

暴走しかけた感情を鎮めるために、ゆっくりと一度、深呼吸をする。まっすぐに立ち、スマホを持ち直した私は「わかりました」と、言葉を返した。


ナオさんのお父さんがいるという「郷良通商株式会社」の本社は、私が暮らしている風俗店街から、車で三十分ほど走った先にあった。

常に忙しいらしいお父さんとは違い、時間に余裕があるのか、日呂さんが迎えにきてくれた。

昨日、日呂さんが自社のことを「かなり大きな会社」と言っていた通り、着いた先のビルは見上げた首が痛くなるほど高く、立派で、入る前から委縮してしまう。

入り口の前で茫然とする私を見た日呂さんが、小馬鹿にしたような半笑いを浮かべた。

「もしかして、こんなに大きな会社だとは思っていなかった?」

「え、あ、はい。ナオさんは何も教えてくれなかったので……」

驚きすぎて格好よく取り繕うこともできず、カクカクと首を縦に振る。

日呂さんはどうでもよさそうにフンと鼻であしらい、先に中へと向かって歩きだした。

私を気遣う必要などないとばかりにさっさと歩く彼を、小走りで追いかける。

さっき電話口で少し揉めたせいか、日呂さんの態度が妙に冷ややかだ。それに、なんだかひどくイライラしているような……。

特に仲良くしたかったわけじゃないけど、昨日、声をかけてきた時とは別人のようで、少し気になった。

もう終業時間を過ぎているからか、ビルのロビーにはスーツ姿の男性が数人いるだけ。三階部分まで吹き抜けになった広いロビーには、背の高い観葉植物や、高そうな応接セットが置かれている。まるでホテルのようだったけど、洗練されすぎていてちょっと冷たくも見えた。

ここが、ナオさんの会社――。

日呂さんの後ろをついていきながら、周囲を見回す。ここでナオさんが働いていたのかと思うと、妙にドキドキしてくる。

恋とはそういうものなんだろうけど、ナオさんについてどんな些細なことでも知りたくなってしまう自分に苦笑した。

エレベーターの前で振り返った日呂さんが、私を見ていやそうに舌打ちをする。

「何ニヤニヤしてるの。……まったく、これだから貧乏人は……」

え？

日呂さんの口から出たとは思えない台詞に、耳を疑う。びっくりしてぼーっとしているうちに、エレベーターが到着してドアが開いた。

「あんた邪魔。早く乗りなよ。本当にとろくさくてイラつくなあ」

日呂さんから口汚い言葉を浴びせられるのと同時に、背中をぐっと押される。

「わっ⁉」

私は突然の衝撃でよろけながら、エレベーターに乗り込んだ。

籠の内壁に手をついて体勢を立て直し、振り向く。確かにぼんやりしていたことは認めるけど、人をいきなり押すのはマナー違反だ。

「ちょっと、危ないでしょう！　怪我をしたらどうするんですか」

思いきり日呂さんを睨んで、苦情を口にする。あとからエレベーターに乗り込んできた彼は、私に目線を合わせることなく最上階へいくボタンを押した。

「……怪我をしたら、もっと慰謝料が取れるんだから、ちょうどいいんじゃないの？」

「はあ？」

言われた意味がわからなくて、眉根を寄せる。しかし、日呂さんはきちんと説明する気がないようで、そっぽを向いたままだった。

もう一度、文句を言うために息を吸い込む。私が声を出そうとしたところで、エレベーターがポンと電子音を響かせた。目的の階に到着したらしい。

音もなくなめらかに開いたエレベーターの向こうには、豪奢（ごうしゃ）な蘭（らん）が飾られた受付とソファが置かれていて、その横に両開きの立派なドアがあった。

受付カウンターには誰もいない。

日呂さんは当然のようにドアへ近づき、ノックもせずに押し開けた。彼はドアノブを握った姿勢のままで、中に向かって顎をしゃくる。

「入って」

ここは最上階だし、フロアの雰囲気も高級感がある。おそらくこの部屋が社長室で、中にナオさんのお父さんがいるのだろう。

「あ、はい。し、失礼します……」

私は日呂さんへの不満を抑え、ぎこちない動きでドアをくぐった。

後継者候補から外されそうだというナオさんを助けたくて、気合いを入れてやってきたけど、やっぱりお父さんに会うのは緊張する。

少しビクビクしながら部屋の中に進むと、室内はシンとしていた。

個室にしては、かなり広い。床にはクリーム色のカーペットが敷き詰められ、ダークブラウンで統一された調度品が置かれていた。

革張りの大型ソファに、透かし彫りが入った応接テーブル。会社の資料らしきものが並んだ書棚。そして奥には、三人でも不便なく使えるだろう広いデスク。その全てが見るからに高そうだ。

自分が場違いなのは覚悟していたものの、想像以上に居たたまれない。

足元から湧き上がりそうな震えを必死でこらえ、室内を見回す。しかし、中には誰もいなかった。

あれ……ナオさんのお父さんは？

不思議に思い、後ろにいる日呂さんを振り返る。私を見返した彼は不敵に口元を歪めて、これみよがしにドアの鍵をかけた。

「え？　なんで鍵を……お父様はどこですか？」

「父はこないよ。というか、ここ一週間くらいほとんどきていないんだ。体調不良でね。どこが悪いのか知らないけど、もういい歳だし、危ないんじゃないの」

何がおかしいのか、日呂さんはクスクスと笑っている。

冗談のつもりなのかもしれないけど、体調が悪い親のことを茶化すなんて信じられない。それに、さっきから様子がおかしい。

私は思いきり眉を顰め、じりじりと後ずさった。

「……今夜なら、お父様がここにいるって、電話で言いましたよね？」

「ははっ、あの人に会ってどうするの？　慰謝料を増額してもらうつもりだったとか？あんた、ほんと強欲だねえ！」

「そんなことはしませんっ！」

ひどい疑いをかけられ、反射的に言い返す。バカにしないでほしい。

怒りを隠さずにギリッと睨みつけたけど、日呂さんはどうでもよさそうに目を細めただけだった。

「まあ、その気持ちわからなくはないけど。僕も金が大好きだし？　だからさ、ちょっと協力してほしいんだよね」

「は？」

「あんた、尚央に金で買われてるんでしょ？　それなら僕がその倍額出すから、あいつを失脚させる手伝いをしてよ」

「どういうこと？　お父様がナオさんを『後継者候補から外す』って言ったんじゃないんですか？」

日呂さんの話が理解できずに、目をまたたかせる。

混乱する私を見た彼は、こらえきれないというふうに噴き出した。

「やばっ、あんた、あんな作り話を本気で信じてたの？　全部嘘に決まってるでしょ！　尚央があんたのこと大事に大事に囲ってるからさ、連れ出す口実に使っただけだよ」

「嘘って……そんな、ひどい……！」

日呂さんの本当の目的を知り、ぶるっと身体が震える。

前に大鹿さんから、ナオさんと敵対している人たちに、私が利用されるのを警戒していると教えられたのを思い出す。

その相手が誰なのか聞いていなかったけど、きっと日呂さんのことだったのだろう。

「どうして……日呂さんはナオさんの弟なんでしょう？　なんでお兄さんを貶めるようなことをするんですか⁉」

「そりゃあ、弟だからだよ。あんた、僕とあいつの立場の違いに気がつかなかった？　ほんのちょっと早く生まれたってだけで、尚央は次期社長を確約された代表取締役専務だ。対して、僕はただの執行役員。こんなのないよね」

日呂さんは私に嘘をついた理由を説明しながら、少しずつ近づいてくる。彼は薄く笑みを浮かべているけど、目が淀んでいるように見えて凄く怖い……。

追い立てられるように後ろに下がった私は、背中に壁が触れたことに驚き、跳び上がった。ハッとして辺りを見回すと、そこは部屋の隅で、これ以上の逃げ場がない。

どうしよう……！

オロオロする私の腕を、すぐ目の前に迫った日呂さんが掴んだ。痛みを感じるほどの強い力に、悲鳴を上げる。

「ひっ！」

「栗村さん、協力してくれるよね？」

わざとらしい微笑みにゾッとする。恐ろしくて腰が抜けそう。だけど、私は首を思いきり左右に振った。

「いやです！　ナオさんは私を助けてくれた恩人です。そんな人を裏切るなんて、絶対にしませんっ」

ガタガタ震えながら、必死で睨みつける。

日呂さんはスッと表情を消したあと、空いている方の手で、ジャケットの胸ポケットに挿していた細長いヘラのようなものを摘み出した。

金属製の柄に複雑な模様が入っていて、先端は革のケースに包まれている。日呂さんが軽く握って振ると、ケースが床に落ちて、中から鋭い刃先が現れた。

「これ、元はペーパーナイフなんだけどね。先を研いであるから、色々なものに使えて便利でさ。まあ、まだ人間の肌が切れるかは試してないけど、柔らかいところなら刺せそうじゃない？」

「やっ……！」

ギラリと輝く刃先を見せつけられ、一気に血の気が引く。

日呂さんはうっとりしたまなざしをペーパーナイフに向け、自分の唇を舐めると、私を床に引き倒した。

うつ伏せの状態で倒れ込む。足が震えているせいで抵抗できない。すかさず身体を無理やり仰向けにされ、どこからか出してきた縄で両腕を縛り上げられた。

「いやっ！　やめて、やめてください!!」

身をよじり、必死で抗う。無理に足をばたつかせて逃れようとしたけど、馬乗りになった日呂さんに押さえつけられた。

「あんたが協力してくれるなら、こんな面倒なことしなくてもいいんだけど、無理なら仕方ないよね。……大切な女か、社長の座か、尚央自身に選ばせよう」

「何、を……」

「ん？　簡単なことだよ。ちょっとあんたの恥ずかしい映像を撮ってね。そのデータと引き換えに後継者候補から降りるように言うだけ。あいつが受け入れれば僕が社長になれるし、もし断ってきても、愛する女が汚され地獄に落とされるのを見せてやれるでしょ。まあ、あんたには悪いけど、尚央なんかに関わったのが運のつきだと思って諦めてよ」

なんでもないことのように恐ろしい計画を聞かされ、目の前が暗くなる。恐怖が涙になって、次々と溢れ出した。

日呂さんは「動くと怪我するかもね」と言い放ったあと、私のシャツの襟にペーパーナイフを当てて、一気に生地を切り裂く。同じようにインナーも切られ、はだけた布の間から下着が見えた。

声も出せずにブルブルと震え続ける。

鼻歌を歌いながら身を起こした日呂さんは、次に、私が穿いているシフォンスカートもビリビリに切り刻んだ。

「ははっ、なかなかいい眺め。……さてと、準備はこんなもんでいいかな。あ、心配しなくても、僕が直接あんたを犯すことはないから大丈夫だよ。尚央のお古なんて、ごめんだしね。一人でも気持ちよくなれる道具でヤッてあげる」

日呂さんは場違いな優しい笑みを浮かべ、私から離れる。彼は部屋の隅に立てかけてあった三脚を運んでくると、そこにスマホをセットした。

無機質なレンズが、部屋の灯りを反射してキラリと光る。

いや、いやだっ！　こんな姿を撮られてしまう。私は、ナオさんのものなのに……!!

「ナ……さ……、ナオさ……、助け、て……ナオさん、助けてぇ――っ」

ギュッと目を瞑り、か細い叫びを絞り出す。

私の声を掻き消すように、室内に激しい衝撃音が響いた。

何かを派手に殴りつけるような音とともに、入り口のドアが震える。目を剝いて見つめているうちに、物凄い勢いでドアが開いた。

驚きの声を上げるより早く、黒い影が飛び込んでくる。それはすかさず日呂さんに襲いかかり、彼の顔を殴りつけた。

鈍い音に合わせて吹っ飛んだ日呂さんの身体が、糸の切れた操り人形みたいに崩れ落ちる。彼の手から離れたペーパーナイフが、少し離れたカーペットの上に突き刺さった。

「琴子！」

耳慣れた愛おしい声で名を呼ばれ、抱き起こされる。のろのろと顔を上げると、眉間に深い皺を刻んだナオさんが私を覗き込んでいた。

「ナオ、さ……」

「日呂に何をされた⁉」

凄く怖い顔。だけど、怒っているんじゃないのはわかってる。きっと心配しすぎなだけ。

「何、も……服、切られた、けど……」

まだ恐怖に震えているせいで、声がかすれる。少しだけ笑って首を横に振ると、ギュッと抱き締められた。

ナオさんが助けにきてくれた……！

大きくて温かい身体に包まれ、ほうっと息を吐く。助かったことを実感した途端、急に意識が覚束なくなってきた。

どこか遠くから、金属が軋むような音と、大鹿さんの声が聞こえた……ような。

「あーあー。俺が鍵を取りにいってる間に、ドア壊しちゃったんすか？　まったく、ゴウさんは荒っぽいんだから。……おーい。弟さん、死んでないですよね？」

頭に霞がかかったようで、何もわからない。

私はナオさんの横顔を見上げ、もう一度微笑んだあと、そっと瞼を閉じた。

6　永久の誓いを

日呂さんに襲われたショックで意識を失った私は、その後すぐに病院へ運ばれたらしい。けど、精神的なストレスで失神しただけだから、特に治療することもなく帰された。

あとから聞いたところによると、ナオさんは、私にトラウマが残ることを恐れて「入院させて精密検査をするべきだ」とお医者さんに言い張っていたそうで、心配しすぎだと大鹿さんに笑われていた。

翌朝、いつものナオさんの部屋で目覚めた私は、ベッドに座ってぼんやりと窓を見上げる。換気用の小窓の向こうは、まぶしいくらいの青空だった。

正確な時間はわからないけど、もうだいぶ日が高いらしい。

室内にいるのは、私一人きり。ほんの少し心細く感じながら周囲を見回すと、枕元に短い書き置きと紙袋が置いてあった。

「――昨夜の件で親父のところへいってくる。昼までには戻る。朝飯を食ったら何もしないで寝ていろ――」

ナオさんからの書き置きを読み上げ、紙袋を開けてみる。中には、卵とエビとレタスを挟んだサンドイッチに、紙パックの野菜ジュースが入っていた。

市販のものではないようだから、たぶん大鹿さんに作らせたのだろう。

私は心の中でナオさんと、大鹿さんに感謝したあと、紙袋をかかえてテーブルに移動した。

精神的な疲労のせいか、かなり長く眠っていたようで喉がカラカラだ。サンドイッチを食べる前に水を飲んだ方がいいかもしれない。

コップに水を汲むため、キッチンスペースへ目を向けると、流しの中にヒビ割れたグラスが置いてあった。

「あ、これ……」

独り言を漏らして、グラスを取り上げる。昨日、ステアの練習中に壊したあと、私はまんまと日呂さんに騙され、グラスを片づけもせずにここを飛び出したのだ。

割れものだから仕方ないとはいえ、もったいない……。

グラスを灯りにかざしてしょげていると、静かに部屋のドアが開いた。

「ああ、起きていたのか」

私が振り向くのと同時に、ナオさんの声がする。彼の姿を見た途端、ほっとして泣きたくなった。どうやら私は、自分で感じている以上に参っているらしい。

ナオさんは私の傍までくると、そっとグラスを取り上げ、流しに戻した。

「片づけるのは俺がやるから、お前は横になっていろ」

「あ……はい。ありがとうございます。でも、なんだか惜しくて……割れたんだから、もう使えないのに」

どうにもならないことを言いながら、苦笑いをする。

私の言葉につられてグラスを一瞥したナオさんは、軽く首を縦に振った。

「そうだな。しかし俺はこいつを見て、お前に何かあったとすぐに気づいたんだ。割れてよかったとまでは言わないが、助かった」

「え？」

なんのことかわからずに、ナオさんを見つめる。

彼はダイニングテーブルに置いてある紙袋を目ざとく見つけ「説明してやるから、きちんと飯を食え」と言った。

サンドイッチを食べ終わった私は、ナオさんが淹れてくれたコーヒーを飲んで、ほっと息を吐いた。

昨夜、帰宅してからというもの、至れり尽くせりに気遣われ、くすぐったいような、申しわけないような気持ちになる。

ナオさんは私の向かいに座って、頬杖をついた。

「昨日の夕方、ここに戻ってくると琴子がいなかった。何か用があって大鹿のところにでもいったのかと思ったが、カクテル用の道具が散乱していたから、緊急事態だと判断した」

「そうだったんですか……」

「ああ。で、大鹿を呼び出して、会社へ向かったんだ」

なるほど、と、うなずいたところで、新たな疑問が浮かんでくる。

「どうして私がナオさんの会社にいるとわかったんですか？」

私に質問をされたナオさんは、ほんの少し気まずそうに眉を顰めた。

「それは……お前のバッグに発信器を入れておいたから……」

「はい？」

「衛星測位システムで、位置情報を探知できるものだ。以前、買ってやったバッグの底に入っている」

「え、嘘!?　なんで？」

とっさに声を上げ、目を瞠る。まさか、普段使っているバッグに、そんなしかけが施されているとは思ってもいなかった。

ナオさんは少し疲れた様子で、はあっと溜息を吐いた。

「お前も日呂と会ったからわかるだろう？　あいつは自分の欲望を満たすためなら、なんでもする。女を誘拐して乱暴するなんて簡単なことだ」

「う……」

ふいに、日呂さんが襲いかかってきた時のことを思い出してしまい、ぶるっと震える。

ナオさんは痛ましいものを前にした時みたいに顔をしかめ、テーブルに置いていた私の手を優しく握り締めた。

「もう大丈夫だ。あいつは今、親父が見張っている。お前が望むなら、昨日のことを公にして警察に突き出しても構わない」

「け、警察？」

急に話が大きくなったことに驚き、うろたえる。

オロオロする私に反して、ナオさんは当然のようにうなずいた。

「略取誘拐、逮捕監禁致傷に、暴行未遂。重大な犯罪行為だ」

「いや、そんな……無理やり、攫われたわけじゃなくて、私からついていったんだし……

別に怪我もしてないし……」

まるっきり疑いもせずについていった自分を情けなく思いながら、ぼそぼそと言いわけをする。

ナオさんはゆっくりと頭を振って、私の手首をそっと撫でた。

「全てあいつから聞いた。お前を騙して連れ出したんだから同じことだ。それに、手首を縛られたせいで痕が残っただろう?」

「それは、そうですけど」

確かにナオさんの指摘の通り、手首には縄の痕が残っている。でも、放っておけば、数日で消える程度のものだ。

ナオさんは少し疲れたように溜息を吐いて、空いている方の手で髪を掻き上げた。

「まあどちらにしても、日呂のことは別件で告発する。元々、俺はそのために動いていたからな」

「え……?」

パチパチとまばたきをしてナオさんを見つめる。

彼は何かを考え込むように目を伏せたあと、私に視線を戻した。

「できるだけ、お前を巻き込まないよう気をつけてはいたんだが、怖い思いをさせて、すまない。最初から全て話す。……俺が何者なのかは、日呂から聞いているよな?」

ナオさんから謝られたことに、内心で跳び上がる。

彼の素性については、日呂さんから聞いたんじゃなくて、私がスマホのサイトで調べたのだけど、知っていることには変わりないからうなずいた。

「……郷良通商株式会社の専務さんだって」

「ああ、そうだ。郷良家は昔から総合商社を経営してきた家で、俺はそこの一人息子として生まれた。古い家だから、いまだに創業家が代々社長を務めていてな。俺も跡継ぎとして、会社のことを第一に考えるよう厳しく育てられた」

「そうだったんですか……って、あれ？　日呂さんは？」

ナオさんには、歳がそう変わらない弟の日呂さんがいたはずなのに「一人息子」という表現はおかしい。

私が疑問を口にすると、ナオさんは首を軽く縦に振った。

「あいつは、親父と愛人の間に生まれた子供で、俺とは腹違いなんだよ。俺の母親が亡くなるまで、弟がいたことさえ知らなかった。大きくなってから認知されて、親父のコネでうちの会社の執行役員になったんだ」

日呂さんが初対面の時に、兄であるナオさんとは「ちょっとした事情があって、母親が違う」と言っていたのは、そういう理由だったらしい。

自分もナオさんと愛人契約をしているから、他人のことはとやかく言えないのだけど、妻子ある人と付き合うというのはちょっと抵抗を感じてしまう。

ナオさんは昔を思い出しているのか、遠くを見るように目を細めた。

「うちの親父は完全な仕事人間で、子供に愛情を注ぐような男じゃないが、教育のための金は惜しみなく与える。だから、俺と日呂は住んでいる場所が違っただけで、同程度の教育環境を整えられていた。だが、あいつは常々、自分よりも俺の方が優遇されていると感じていたようだな」

「あー……そういえば、日呂さんは『ほんのちょっと早く生まれたってだけで、尚央は次期社長を確約された代表取締役専務だ』って言ってました」

私が聞いた話を伝えると、ナオさんはあからさまに呆れた表情を浮かべ、フンと鼻であしらった。

「会社の利益しか考えていない親父が、生まれ順で後継者を決めるわけがない。日呂は有能で人当りがいい反面、享楽的なところがあってな。酒と女遊びくらいならまだしも、賭博にのめり込んで、借金をかかえていたんだ。それで返済に困って、会社の金を横領した」

「横領!?」

「ああ。社長子息の執行役員という立場を利用して、本社の経理統括と関連企業を巻き込み、ありもしないプロジェクトをでっち上げて経費を請求していた。俺はそれに気づいて、日呂を告発するよう親父に進言したんだが『確固たる証拠がなければ動けない』と言われてな。親父はあいつが出す損害よりも、会社の幹部が罪を犯していたと公になることを恐れたんだ。信用が下がって、株価が下落するのは免れないから」

「そんな……」

ナオさんのお父さんの判断に、思わず非難の声を上げてしまう。いくら会社のためとはいえ、不正を見過ごせというのはおかしい。

私の顔を見たナオさんが「わかっている」と言うように、ゆっくりとまばたきをした。

「俺は会社のためにも、日呂のためにも、きちんと罪を償わせるべきだと考えた。放っておけばますます調子に乗って、いつか大事になる。だから罠を張って、不正の証拠を集めることにした。言い逃れできない状況になれば、親父も折れるに違いないしな。……具体的には、あいつにとって目障りな俺が会社から消えることで、ぼろを出すのを待つ作戦だ」

「もしかして、そのためにここに住んでいたんですか？」

ハッとして、きょろきょろと室内を見回す。

一流企業の重役には似つかわしくない、風俗店街のビルの一室。ナオさんが隠れ住むには、ぴったりの場所と言える。

「そうだ。ここは俺の個人資産として所有しているビルで、日呂は知らない。地下に大鹿の店があって、色々と便利だしな。会社には長期の地方視察という名目にして、どうしても外せない仕事は電話かインターネット。それでもだめなものは、ユキノに持ってこさせていた」

ナオさんの秘書だという美しい女性が、脳裏に浮かんだ。

私がうなずくのを見届けた彼は、説明を続ける。

「ユキノは親父が俺につけた秘書なんだよ。代々、郷良家に仕えている雪野(ゆきの)家の出で、二言目には『郷良家のため』と言い出すから、正直なところ鬱陶しいんだが、日呂の悪事を暴く手伝いをさせていた。お前も見た通り、ガチガチに堅くて信念の塊みたいな女で、俺と親父を裏切ることは絶対にないからな」

「ユキノさん、て……苗字だったんですか……」

「ん、ああ。下の名前はなんだったか。さっき親父のところで会ったんだが……忘れたな」

まるで興味がなさそうなナオさんの様子に、拍子抜けしてしまう。

デパートの駐車場でユキノさんに会った時、確かにナオさんは彼女に対して「面倒くさい」と言わんばかりの態度を取っていた。

しかしそれでも、下の名前を呼ぶほど親しい間柄なのだと思い込んでいた。それが私の勘違いだったなんて……。

今更、自分が嫉妬のような感情を持っていたことに気づいて、恥ずかしくなる。

居たたまれなくてナオさんからそっと視線を外し、身を縮めたけど、彼はそれに気づかないようだった。

「狙い通り、日呂は俺がいなくなった途端に好き勝手を始めた。俺を次期社長の座から引き摺り落とすチャンスだと思ったらしく、会社から盗んだ金で俺の身辺調査をしたり、ガラが悪いのを雇って襲わせたり……」

「だから前に、よく襲われるというようなことを言っていたんですね？」

「そうだ。そしてそのうちに、俺の潜伏先を掴んで、琴子のことを知ったんだろう」

ナオさんの説明を聞き、日呂さんに利用されそうになった自分の愚かさが、ますます身に沁みる。

「ごめんなさい」

「なぜ、お前が謝る？　全ての原因は悪事に手を染めた日呂だ」

彼の気遣いをありがたく思いながら、私は首を横に振る。

「私、ナオさんの身内だというだけで、日呂さんを信用してしまったんです。出かける時は気をつけるように言われていたのに」

日呂さんに襲われたのは本当に怖かったけど、今振り返れば、私のせいでナオさんの立場を危うくしかけたことの方が恐ろしい。

最悪のパターンを想像し、蒼褪めると、ナオさんは困ったように微笑んだ。

「いいんだ。それについては、日呂が接触してくるのを止められなかった俺に問題がある。

お前は何も悪くない。琴子が愛情深くて、家族を疑うなんて思いつきもしないと知っていたのにな。何も説明しない方が安全だと考えていたんだが、裏目に出たようだ」

「じゃあ、ナオさんが自分のことを詮索するなって言ってたのは……」

「ああ。危険を排除するため……と、お前を色々と可愛がる理由にも使っていたな」

ナオさんの言う「色々と可愛がる」ことがなんなのかに思い至り、かあっと頬が火照る。

「うう……ひどいです」

恥ずかしくて睨むと、彼は悪びれずに声を上げて笑った。

「涎を垂らして悦んでいた癖によく言う。証拠の写真もあるが、見るか？　ひどく扇情的な、いい顔をしているぞ」

「見ません！　ていうか、早く消してくださいっ」

反射的に声を張り上げる。

ナオさんはおかしそうにまた笑い、次にふっと表情を消して、私の手を優しくさすりだした。

「琴子を拾ったのは、ただの気まぐれだ。初めて家を出て、親父や会社のしがらみから離れ、俺は少し浮かれていたのかもしれない。まあ、前にも言った通り、最初は新手の痴女だと思ったんだが……」

「だ、だから、あれは胸の大きさを確認しただけですってば」

以前にもしたやり取りを、もう一度する。

ナオさんは「わかっている」と答える代わりに、私の手の甲をぽんぽんと叩く。そして、空いている方の手で頬杖をついて、私の顔を覗き込んできた。

「背が高くて細身でそこそこ胸の大きい、自分好みの女が、目の前で痴女まがいの行為をしだしたら、誰だって驚くだろう?」

「それは……って、え?」

聞き流すわけにはいかない言葉が耳に飛び込んできて、目を瞠る。今「自分好み」って言った、よね?

私を見つめるナオさんの目が、どことなく熱を帯びているような気がして落ち着かない。ドキドキしながら見返すと、彼は優しげに目を細めた。

「変質者の可能性もあったが、それならそれで警察に突き出せばいいと考えて、声をかけたんだ。事情を聞いてみると、かなり金に困っていて、認知症の婆さんのために自分の身体を犠牲にすると言いやがる。どうせ逃げ出すだろうと踏んで、家賃代わりにやらせろと言っても、素直に応じる。……はっきり言って、他人のためになぜそこまでするのか、まったく理解できなかった」

「ぐ……」

前に風俗店で働くつもりだと言った時にも「真性のバカか」と詰られたけど、改めて否定されるのは落ち込んでしまう。

　私が口をつぐむと、ナオさんは穏やかな表情のまま、ゆっくり小さく頭を振った。

「だが、少し羨ましくも感じた。俺には家族の愛情というものがよくわからん。親父は仕事が最優先で、子供を会社存続のための道具と思っているし、母親は親父に言いなりの人形のような女だった。大人になってから日呂と引き合わされたが、性格的にいけ好かないし、そもそももう家族ごっこをするような歳じゃあなかったしな」

「ナオさん……」

「だから、琴子との生活は新鮮だった。外に出て普段の仕事をこなしつつ、日呂の不正の証拠を集め、時折あいつがよこしたガラの悪いのとやり合って。疲労で荒んで戻れば、お前が嬉しそうに『おかえりなさい』と言うんだ。やれ『手を洗って』だの『服を放り投げないで』だの、口うるさくて煩わしいと思うのに、なぜか心地いい。出てくる食事も、地味なメニューばかりだが身体によさそうで、お前の気遣いが感じられて嬉しかった」

　これまで隠されていたナオさんの事情と気持ちを聞かされ、頬が熱くなる。照れくささからうつむいて、ギュッと目を瞑ると、それを咎めるように柔らかく頬をつねられた。

「おい、顔を上げろ。礼ぐらい、きちんと顔を見て言いたい」

「そ、そういうの、いりません。私が勝手にしてたことだし……」

　恥ずかしさに耐えられず、プルプルと首を左右に振る。

チッと短く舌打ちしたナオさんは、一度手を放したあとに両手で私の頬を包み込み、無理やり、顔を上げさせた。

恐る恐る薄目を開ければ、彼はひどく真剣な表情をしていた。

「ありがとう、琴子。お前に会えて、本当によかった」

あ……。

ドキドキして浮ついていた心が、スーッと冷えていく。彼の言葉は、なんだか別れの前触れのようで。

あまり深く考えずにナオさんの話を聞いていたけど、彼が日呂さんの不正を確かめるためにここに潜伏していたのなら、もう隠れ続ける必要はないのだと今更気づいた。

「い、いえ。……えと……それで……これから、どう、するんですか？」

できるだけ不自然にならないよう、声が震えないように、必死で笑顔を作って問いかける。

ナオさんは軽くうなずいて、あっさり「ここは引き払う」と答えた。

頭を殴られたような衝撃を覚え、目の前が暗くなる。心臓がキリキリと痛んで、自然に呼吸が浅くなった。

いつか、この時がくるとわかっていたのに、苦しくてたまらない。捨てないでほしいと彼に縋りつきたい。けど、それが無意味だということも理解していた。

「わかり、ました。私、いつ出ていけば……」

「泣くな」

「え？」

ナオさんの言葉の意味がわからずに、パチパチとまばたきをする。と、両方の目尻から立て続けに涙がこぼれ落ちた。

「あれ。嘘。なんで？　……こ、これは、あの、違うんです。悲しいからじゃなくて、びっくりしただけで」

みっともなく鼻をすすり上げ、必死に言いわけをする。とにかく泣き顔を見られたくなくて、顔を背けようとしたけど、私が動くより早く瞼に口づけられた。

流れ続ける涙を舐め取られる。顔を離したナオさんが、フッと笑った。

「大丈夫だから、もう泣くな。ここは長く住むには狭すぎるから引き払うが、お前も連れていく」

「……はい？」

「お前との愛人契約は一旦解除して、新たに結び直す。内容は今まで通り、掃除と洗濯、食事の用意。それに俺とセックスをすること。頻度は琴子の体調次第だ。もう隠し事はないはずだが、気になることはなんでも聞いていい。お前に必要な金は全て俺が出す。婆さんの生活費もな。ただおそらく、大鹿の店でバーテンダーになることは難しいだろう。それでよければ、こいつにサインしろ」

以前の愛人契約の時と同じに条件を並べ立て、ナオさんはジャケットの内ポケットから、白い封筒を取り出した。

手渡された封筒には三つ折りされた書類らしきものが入っている。状況が理解できないまま、中身を広げた私は、書類の正体に気づいて息を呑み込んだ。

「嘘……ど、して……」

驚きすぎて手が震える。その振動が伝わり、プルプルと揺れる書類には「婚姻届」と印刷されていた。

手の中の書類と、ナオさんの顔を見比べる。彼は少しいじわるな顔をして口の端を上げた。

「まあ見ての通りだ。俺の妻になるのはいやか？」

一度は止まった涙が、また溢れ出る。さっきとは反対の理由で。

私はきつく目を瞑り、大きく首を横に振った。

「いやじゃない！　……けど、だめです」

「なぜだ？」

「だって、私、ナオさんの役に立てるようなこと、何もできません……お金も、コネもないし、美人でもない……大企業の重役の奥さんには、ふさわしくないです。きっと反対されます」

「誰に？」

「それは……お父様、とか……」

彼の質問に答えながら、前に聞いたユキノさんの発言を思い出す。彼女ははっきりと「お二人の関係に反対です」と言っていた。それはきっと、ナオさんの周りにいる人のほとんどが思うことだろう。

私の答えを聞いたナオさんは、呆れたように溜息を吐いて、私の手元を指差した。

「お前の目は節穴なのか？　今日、俺がなんのために親父のところへいったと思っているんだ。証人欄を見てみろ」

ナオさんに促され、婚姻届を見直す。濡れて歪んだ視界でも、証人のところに「郷良真志」と書かれているのはわかった。そして、その隣に「雪野瑠依」と書いてあるのも。

「……嘘……ほんとに？　なんで？」

誰に向けたわけでもない無意味な問いかけが、口から漏れ出る。

混乱してオロオロしていると、ナオさんの大きな手で涙を拭われた。

「俺が親父と交渉して結婚を認めさせたからだが……とりあえず、少し落ち着け」

笑い混じりの彼の声に、ブルブルと頭を振って反抗する。

「そんなの無理ですっ。こんな、どうして、いきなり……ナオさんは誰とも結婚しないって言ってたのに……！」

「ああ、そうだ。今まで結婚したいと思えるような女がいなかったし、この先もそういう気持ちにはならないと考えていたからな。それに、お前も知っている通り、郷良家には碌な奴がいない。親父は会社のためなら汚いことも平気でやる人間だ。日呂は身勝手なクズ。俺だって褒められないやり方で他人を蹴落としてきた。表向きは名家かもしれないが、恨んでいる奴はごまんといるだろう。俺の妻になる女が、郷良の暗部に巻き込まれるのは間違いない。そういう理由もあって、結婚には否定的だったんだ」

一度、そこで口を閉じたナオさんは、苦しそうに眉根を寄せた。

「……だが、琴子を愛人にしておくだけでは俺が我慢できない。一生傍に置いて、俺だけのものだと周りに知らしめたい。もし、この先に何が起きたとしても、お前は俺が守り抜いてやる」

ナオさんの剝き出しの想いを知り、ぽかんとする。あまりにも激しい独占欲を見せつけられ、ぶるりと背中が震えた。

彼の執着心を少しだけ怖く感じてしまう。でも、それ以上に心が高揚した。

「あの、ナオさんは、私のこと……好き、なんですか？」

私の方から彼の気持ちを聞き出すのは恥ずかしいけど、きちんと言葉にしてほしい。

うつむいて、そろりそろりと目を向けると、ナオさんは苛立ちをごまかすように自分の前髪を握り締めた。

「そんな生易しい感情じゃないな。お前の身も心も戸籍も俺に縛りつけて、逃げられないようにしてやりたいくらいだ」

「……そこまでしなくても、私はどこにもいきませんよ？」

「わかっている。しかし納得できない。お前が言う『好き』とは違うかもしれないが、俺は琴子の全部が欲しい。それではダメか？」

ナオさんらしい言葉に、ふっと笑みがこぼれる。

荒っぽくて、ちょっと不器用で、でもそれはきっと愛情に違いないんだろう。少なくとも、私はそう信じてる。

「いいえ。でも、ごめんなさい。今はサインできません」

婚姻届へのサインを拒否したせいで、ナオさんがヒュッと息を呑む。

私はゆっくりと首を横に振って、彼の目の前に右手をかざした。

「嬉しすぎて、手が震えてて、字が書けないの」

ブルブルと痙攣し続ける私の手を見たナオさんは、一度大きく目を瞠ったあと、思いきり顔をしかめて舌打ちする。次に視線をそらして「くそっ、驚かせやがって」と吐き捨てた。

わざといじわるをしたわけじゃないけど、驚くナオさんを見られたのは、なんだかちょっと嬉しい。

悔しそうな彼の目元が、ほんのりと赤く染まっていたけど、私はあえて指摘しなかった。

日呂さんに襲われたあとの二日間は、ナオさんから「何もするな」と厳命され、食事とお風呂、トイレの時以外は、ほとんどベッドの上で過ごした。

何度か「もう大丈夫」とか「大げさすぎる」とか抗議をしたけど、彼はまるで聞く耳を持たず、私の世話を続けた。

いくらナオさんの命令といっても、ただ寝ているだけというのは悪い気がするし、食事を作ってくれる大鹿さんにも申しわけない。それに退屈だ。

どうしたら本当にもう大丈夫だとわかってもらえるのか、頭を悩ませていた三日目の朝、ナオさんから「今日は出かける」と宣言された。

どこへいくのかと聞けば「結婚の準備のようなもの」だという。

曖昧な答えに疑問を覚えたけど、しつこく追及してベッドに戻されては敵わない。私はそれ以上のことを聞かずに、彼に従うことにした。

私とナオさんを乗せたハイヤーが、静かに停車する。

後部座席の広い窓から外へ目を向けた私は、見慣れた老人介護施設の門を眺めて、きゅっと拳を握った。

横から大きな手が伸びてきて、私の手の甲に重なる。

振り向いてナオさんを見ると、彼はどこか面白そうに目を細めた。

「少し震えているな。緊張しているのか？」

「それは、そうですよ。こんなことになるなんて……」

つい、口を尖らせて、不満を漏らしてしまう。

今、私は白いウエディングドレスを着ている。ナオさんもそれに合わせて、黒のモーニング姿だった。


――朝、私を連れて部屋を出たナオさんは、ホテルに併設されている結婚式場へと向かった。そして、その中のサロンで、どれか好きなウエディングドレスを選ぶようにと宣言したのだ。

わけがわからず茫然とする私を前にして、彼は「色は白で、裾があまり長くない、動きやすいもの。だが、一目で結婚式だとわかるような、クラシカルなドレスがいい」などと、細かい注文をつけてくる。

一体何が起きているのか聞く間もなく、私はサロンのドレスコーディネーターさんと、美容師さんによって、飾りたてられた。

そしてハイヤーに乗せられ、今、おばあちゃんがお世話になっている施設に連れてこられた……けど……。

ここへくるまでに聞いたところによると、ナオさんは私との結婚の報告を兼ねて、おばあちゃんに挨拶をしたいらしい。

そのためにわざわざドレスを着る必要はないと思うのだけど「試着のようなものだから気にするな」と返されてしまった。ついでに、施設のスタッフさんにも連絡済だそうだ。

ナオさんが私のために、おばあちゃんのことまで考えてくれたのは本当にありがたいと思うし、こんな綺麗なドレスを着せてもらえたのも嬉しい。だけど、やっぱり気恥ずかしい。

ハイヤーから降りた私は、うつむいたままナオさんに手を引かれ、進んでいく。

てっきり、まっすぐおばあちゃんの個室に向かうのだと思っていたら、彼は介護施設の建物には入らずに、敷地の奥の庭園に足を向けた。

「ナオさん、なんで——」

どうして庭園にいくのかと、私が質問し終える前に、わあっと歓声が上がる。驚いて顔を上げると、庭園の芝生に入所者さん、スタッフさんたちが並んで手を叩いていた。

全員が私とナオさんを見て「おめでとう」「綺麗ねえ」「私も着てみたいわ」と、お祝いの言葉や感想を贈ってくれる。

驚いてきょろきょろしながら、一番奥の柵の手前まで進んだところで、先をいくナオさんがくるりと踵を返した。

私も慌てて彼に倣い、隣に並ぶ。

すぐ近くにおばあちゃんが座っていることに気づいた。

私のことを覚えていないおばあちゃんは、目をキラキラさせて無邪気に拍手をしている。

忘れられてしまったのは寂しいけど、楽しそうな姿を見られただけで、胸が温かくなった。

ナオさんが私と繋いだ手を強く握り締める。ちょっと痛いくらいに。

不思議に思って見つめると、彼は大きく息を吸い込んだ。

「皆様、お集まりくださってありがとうございます。今日は私たちの結婚の立会人になっていただきたいと思い、ここにお呼びしました」

ナオさんの突然の宣言に、ぽかんとする。

……結婚の立会人って何？　おばあちゃんに挨拶しにきただけじゃないの？

疑問だらけの私をよそに、彼はとうとうと言葉を続けた。

「新郎である私は、郷良尚央と申します。新婦は栗村琴子です。私たちは皆様に立ち会っていただき、人前式で結婚の宣誓をしたいと願っております。私たちの結婚に賛成していただけますでしょうか？」

ナオさんが問いかけた瞬間、また大きな歓声と拍手が起こる。

すかさず彼は感謝の言葉を述べて、私の腰を支え、おばあちゃんの元へと移動した。

促されるまま、おばあちゃんの前にしゃがみ込む。おばあちゃんは屈託ない笑みを浮かべて、うんうんと二度うなずいた。

「おめでとう。あなたとっても綺麗よ。ご主人も素敵ね」

「あ……」

おばあちゃんからのお祝いの言葉に、胸が締めつけられる。今までの嬉しかったことや、大変だったことが一気に蘇り、それ以上、何も言えなくなった。

ナオさんがおばあちゃんの顔を覗き込み、優しく微笑む。

「お婆様、こんにちは。先日もご挨拶はしましたが、今日はお孫さんとの結婚を許していただきたくて参りました」

彼の話を聞いて、ハッとする。

ナオさんは、前にもおばあちゃんに会いにきていたの？

おばあちゃんはそのことを覚えていないのか、不思議そうにしているけど、彼は構わずに話を続ける。

「……私は彼女を愛しています。男として、社会人としても、まだまだではありますが、きっと幸せにします。どうか、琴子さんとの結婚を認めてください」

ナオさんのまっすぐな言葉がじんと心に沁みる。

おばあちゃんは嬉しそうに目を細めて、私とナオさんの顔を見比べた。

「ええ、ええ。もちろんですよ。……花嫁さんは琴子というの？　うちの孫もね、同じ名前なの。とっても可愛い子でねえ。いつか大きくなって、あなたみたいに綺麗な花嫁姿を見せてくれたらなあと、ずうっと夢見ているのよ」

「おばあちゃん……！」

限界を超えた感情が、涙になって溢れ出る。

私は子供の頃みたいに、おばあちゃんの膝に額をつけて、ギュッと目を瞑った。

「今まで、育ててくれて、本当に、ありがとう……ずっと、ずっと、大好きだよ」

泣き声を振り絞り、おばあちゃんに感謝を伝える。

きっと今のおばあちゃんには、なんのことかさっぱりわからないだろう。けど、どうしても、私の気持ちを言葉にしたかった。

おばあちゃんは皺皺の小さな手を、私の肩に置いて、優しく撫でてくれる。

「あらあら、うちの琴子みたいねえ。あの子も甘えん坊で、寂しがり屋で、ちょっと心配なのよ」

夢見るように昔の思い出を口にしたおばあちゃんは、小さく笑いながら、私の肩を強めにぽんと叩いた。

「さあ、顔を上げて。あなたはもう大人なんですからね。お嫁さんになって、家庭を支えていくためには、泣いてばかりいてはだめよ。がんばって」

おばあちゃんに促され、のろのろと顔を上げる。すぐ横にいたナオさんが、ハンカチを渡してくれた。

濡れた頬をハンカチで拭って、おばあちゃんを見つめる。まだ瞳は潤んでいたけど、精一杯の笑顔でうなずいた。

「うん。私、絶対に幸せになるね！」

おばあちゃんもニコニコしながら、うなずき返してくれる。少しの間、二人で微笑み合ったあと、私はナオさんへと目を向けた。

結婚式とは違うかもしれないけど、おばあちゃんに彼とのことを伝えて、結婚を認めてもらえたことが嬉しくて……。

ここにいる皆さんに、おばあちゃんに、そして何よりナオさんに……私は心からの「ありがとう」を口にした。


介護施設をあとにした私たちは、きた時と同じにハイヤーでホテルまで戻った。

最初にナオさんが「ドレスの試着のようなもの」と言っていたから、そこでドレスを脱ぐ予定だったのだろう。しかし、おばあちゃんとのことで感極まった私は、ずっとぼんやりしていて、心配したナオさんがホテルの部屋を取ってくれた。

ウエディングドレス姿のまま、ベッドの端に座った私は、いまだに呆けている。

ナオさんが傍らの床に膝をついて、不安そうに私の顔を覗き込んできた。

「すまない。驚かせてしまったな。大丈夫か？」

「え……違います。嬉しくて幸せすぎて、なんだか現実じゃないみたいで……」

プルプルと首を横に振って、私が夢うつつな理由を説明する。

ナオさんは「そうか」と受け止めてくれたけど、眉根を寄せたきり元に戻さない。

「日呂との一件があった翌日、親父のところへいく前に、あの介護施設に寄ったんだ。まず、琴子の婆さんに挨拶するべきだと思ったからな。だが初めに聞いていた通り、お前のことを覚えていないせいで、まったく話にならなくて。結婚のことを理解してもらうにはどうすればいいか、施設側と相談したんだよ」

「それで、あんなふうに結婚式みたいなことを？」

「ああ。ウエディングドレスなら、見ただけでわかるだろう？　きちんとした式と披露宴は婚姻届を提出したあと別に挙げることになるんだが、それは俺の立場上かなり大がかりなものになる。そんなところへ婆さんを連れていったら、体調を崩しかねない。施設の中庭で簡易的にやれば、穏やかな状態で琴子のドレス姿を見せてやれるし、他の爺さん婆さんにもいい刺激になると言って施設は乗り気だし、いい案だと思ったんだ」

彼がそこまで私とおばあちゃんのことを考えていてくれたと知り、また胸の内が震えだす。

自然に浮いた涙を指で押さえ「ありがとう」と言うと、ナオさんは浮かない表情で首を横に振った。

「いや、お前に負担をかける計画は立てるべきでなかった」

「そんな。私は本当にもう大丈夫ですっ。さっきも言いましたけど、ぼーっとしてたのは、つらいからじゃないし……というか、ナオさんちょっと心配しすぎじゃないです？　過保護っていうか」

もちろん大事にされるのは嬉しいから、今が不満というわけじゃないけど、想いを打ち明け合う前とのギャップが激しくて、ついつい指摘してしまう。

ナオさんは不機嫌そうに口を曲げて、ぷいっと顔を背けた。それが照れくさいからなのは、もうわかってる。

「妻になる女を心配して、何が悪い」

聞こえるか聞こえないかくらいの声で、彼がぼそぼそと言いわけをした。その姿が微笑ましくて、思わず頬が緩む。

私は身を乗り出して、ナオさんの額にキスをした。

「ナオさん、好き。愛してます。だから……抱いてください」

「なっ」

思いきり目を見開いた彼が、慌てて首を左右に振った。

「だめだ！　何を言っている？　お前は疲れているんだから休まなければ――」

ナオさんの声が続いているうちに、彼のモーニングコートの襟を摑んで引き寄せる。自分から、嚙みつくみたいに口づけた。

強く唇を押しつけて、舌をねじ込む。ひとしきり舌を絡めてから離すと、熱を帯びた視線を返された。

彼が私を気遣って、エッチなことを我慢してくれているのは知ってる。でも……。

「私がナオさんを欲しがっているんです」

きっぱりと言いきって、もう一度、彼の唇をゆっくりと舐める。

ナオさんは少しの間ぽかんとしていたけど、やがて口の端を上げて「俺好みに躾けすぎたようだ」と呟いた。


モーニングコートを脱ぎ捨て、ネクタイを取り去ったナオさんは、私を仰向けに押し倒した。

まだ着たままのドレスが、大きなベッドの上に広がる。ドレスをだめにしてしまいそうだから「脱がせて」とお願いしたけど、あっさり却下された。

こんなに綺麗なドレスを汚すのは抵抗がある。でも、スイッチが入ったナオさんが止まるとも思えない。私は一緒にドレスを選んでくれたコーディネーターさんに内心で謝り、彼の首に腕を回した。

吸い寄せられるように顔を近づけ、目を閉じて唇を触れ合わせる。ナオさんらしくない、優しく啄むような口づけを何度も繰り返す。

いつもと違うやり方を不思議に思って目を開けると、まるで示し合わせたように彼が顔を引いた。

強く真剣なまなざしが、私に向けられている。一瞬だけ怖いように思えてヒヤリとしたけど、その瞳の奥に深い愛情を見つけて、私は笑みを返した。

「好き……好きです。大好き」

自分でも子供っぽいと思うけど、感情をそのまま口に出す。

ナオさんはふっと苦笑いをして、私の耳にキスをした。

「俺もだ」

吐息に乗せた、かすかな囁き。少し不器用な彼が精一杯の想いを伝えてくれたことに、胸の奥が熱くなった。

ナオさんは、私の耳元から顎、首、鎖骨と、次々にキスを降らせていく。彼の唇が触れた場所は火照り、ゾクゾクした震えが背筋を駆け抜けた。

鼻にかかった喘ぎをこぼしながら、身をよじる。ただ素肌にキスをされているだけなのに気持ちいい。

ドレスの下で、すでに秘部が湿っていることは、ごまかしようがない事実だった。

ナオさんは露わになっている胸元に顔を埋め、ドレスの際をなぞるように舌を這わせる。それと同時に、右手でドレスとインナースカートをたくし上げて、直接、太腿に触れてきた。

「あ、ぁ、はぁ……っ」

ストッキングを留めるためのガーターベルトが、彼の指先に引っかかる。

ナオさんはガーターベルトを摘んで、フッと笑った。

「随分と色っぽいものを身につけているんだな？」

「え、あ、ドレスの時は、この方が楽だからって……」

とっさに言いわけめいたことを口走る。実際、ガーターベルトはストッキングを下ろさなくても用を足せるので、ドレスを着る時には便利なものなのだそうだ。

ナオさんをその気にさせるために着たんじゃないと説明したけど、彼はどうでもよさそうに相槌を返してきた。

「まあ、いい。とりあえず見せてみろ」

「へっ？」

私が目を見開くのと同時に、ナオさんが身を起こす。彼は素早く私の足元の方へと移動して、ドレスをめくり上げた。

「ひゃあっ」

今までどれだけエッチなことをしてきたとしても、秘められた場所を見られるのは、慣れなくて恥ずかしい。慌てて足を閉じようとしたけど、先に足首を摑まれて大きく開かされた。

「ふうん、下着などどれも同じだと思っていたが、なかなかいい眺めだ」

お腹の上でクシャクシャに重なったスカートの向こうから、ナオさんの声が聞こえてくる。たぶん、足の付け根を覗き込んでいるんだろう。

彼の視線を意識したせいで、ますます下腹部が熱くなった。

「あ、やだ。恥ずかしい、です……あんまり、見ないで」

「ここをこんなに濡らしておいて、いやだと言われてもな」

ナオさんは私をからかうように笑いながら、足首を摑んでいた手を放し、ショーツのクロッチの部分を押してくる。割れ目の上をなぞるように動いているのは、きっと彼の指だ。

水分を含んだ布地は、少し触れただけでも卑猥な音を立てた。

聞こえてくる水音と、ぬるぬるした感触が私を追い詰める。激しくはないけど、無視できない痺れが秘部から湧き上がり、私は大きく身体を震わせた。

気持ちいい、でも、もどかしい。

思わず彼の指に秘部を押しつけると、腰を上げるように命令された。

シーツに足を突っ張り、お尻を浮かせる。ナオさんは濡れたショーツを掴んで一気に引き下ろした。

「あっ……」

敏感になった肌は、布が擦れる感覚さえも快感に変えてしまう。

私が息を呑んで身をこわばらせているうちに、ナオさんはショーツを取り去り、露わになった足の付け根に顔を寄せてきた。

大きく口を開け、かぶりつくみたいに口づけられる。厚みのある彼の舌で中心を舐め回されて、私は大きく仰け反った。

「ひっ、ぃ、ん――……！」

いきなり激しい刺激を与えられ、声が裏返る。強すぎる感覚に驚き、身をよじって逃れようとしたけど、まるでそれを咎めるように敏感な突起を思いきり吸い上げられた。

「あぁ――っ!!」

痛みと変わらない快感が突き抜け、弾ける。全身が硬直して、ビクビクと大きく跳ねた。

痙攣する私を見たナオさんは顔を上げて、クスッと笑う。

「なんだ。もうイッたのか？」

「う……」

自分の淫乱さを指摘されたようで恥ずかしいけど「違う」とごまかすこともできずに、腕で顔を隠す。

ナオさんはまるで私を慰めるように肩を撫でたあと、顔を覆っていた腕を掴んで引き離してしまった。

「隠すな。俺には全部見せろ」

「……そん、な」

そう言われても、昇り詰めたばかりのはしたない表情を見られるのは居たたまれない。できるだけ顔を背けて隠そうとしたけど、頬を押さえて止められた。

「お前の痴態も何もかも、全て俺のものだろう？　俺は琴子の全てが見たい」

「あ……」

いつもより少しだけ柔らかい物言いに気づいて、心臓が揺れる。これまではひたすら傲慢で、私を辱めてなぶるようなことばかり言っていたのに。

伏せていた目線を、そっと上げる。見つめた先のナオさんは、私が想像していたよりも優しく情熱的なまなざしを返してきた。

「はぐらかしたり、取り繕ったりすることはない。もっと素直に、我が儘に、してほしいことを言えばいい。お前はどうされたいんだ？」

一度達して熱を発散したというのに、また欲望がたぎり始める。私は頬に当てられた彼の手に、自分の手をそっと重ねた。

「ナオさんが、欲しい、です。キスして、抱き合って、一つになりたい……うんと愛してほしい」

物凄く甘ったるくて、自分でも照れくさいけど、本心を吐き出す。

ナオさんは軽く唇を合わせてから「優しくできるか怪しいが、いいのか？」と聞いてきた。

「いいです。痛いのはいやだけど、激しくされたい」

大きくうなずいて言葉を返す。優しくなくたって構わない。ナオさんのやり方で、劣情をぶつけてほしい。

私は一度手を放し、彼の背に腕を回して抱きついた。

ナオさんはフッと低く笑い、スラックスの前を寛げる。そこから取り出した彼自身を、私の秘部に擦りつけた。

待ちきれないと言わんばかりに蜜を滴らせる割れ目と、彼のものが触れ合い、粘ついた水音を立てる。一瞬、冷たく感じたけど、興奮しているせいですぐにわからなくなった。

「ん……ナオさんの、熱い……」

摩擦で温度が上がっているのか、熱くて気持ちよくて、彼に擦られたところがジンジンする。

自身の反応が恥ずかしくてたまらないけど、隠さないように言われたから、私も本能に従って腰を揺らした。

クチュクチュという音と一緒に、全身に響く快感。甘さと寒気が混ざり合ったような感覚で、ぼーっとしてくる。

「はあっ……ぁ、気持ちい……です」

「ああ。琴子が積極的なのもいいな」

楽しそうなナオさんの声を聞いて、私の心も沸き立つ。

けど、夢中で秘部を擦り合わせているうちに、だんだん、奥の方がせつなくなってきた。

「ナオ、さん……もう我慢できない、です」

「ん?」

中にきてほしいという期待を込めて、ナオさんを見つめる。しかし、彼は薄く笑みを浮かべ、首をかしげた。

私が何を望んでいるのか気づいた上で、とぼけているのだろう。

ますます強くなった恥ずかしさをこらえ、私はナオさんの耳元に口を寄せた。

「……入れて、ください。そこじゃなくて、中を擦ってほしい……」

とんでもなく卑猥な発言に、声は震えて、頭がクラクラしてくる。

ナオさんは満足そうに小さく笑って、楔の先端を私の中心にぐっと押しつけてきた。

「避妊はしなくてもいいな?」

「あ……」

今まで避妊を怠ったことのない彼が、それをしないと宣言したのは……つまり……。

前に「誰とも結婚する気がない。子供も無理だ」と言っていたナオさんが、私との子供を望んでくれていることが嬉しくて、目に涙が浮かぶ。

彼の気持ちを疑っていたわけじゃないけど、改めて愛されているのを感じて、たまらなくなった。

溢れる想いに任せて、腕に力を込める。ナオさんにギュッとしがみつき、何度も首を縦に振った。

「いい。いいです。ナオさん、愛してます……」

彼は短く「ああ」と返事をすると、左手で私の太腿を押し上げるようにしながら、腰をねじ込んでくる。

いやらしい蜜で濡れきっている秘部は、僅かな抵抗をしただけで、ナオさんを呑み込んでいった。

「あ、ぁ、あー……!」

まるで押し出されるみたいに、口からか細い喘ぎが溢れる。

大きく膨らんだ彼のものは、じりじりと私の内側を擦り上げ、やがて突き当たりにある壁を力強く押し込んだ。

「ん、はっ……」

被膜に隔てられていないせいか、彼をいつも以上に硬く熱く感じる。最奥を圧迫されたことで、重苦しい痛みが下腹部に広がった。

確かに痛いのに、じっとしていられないほど気持ちいい。いよいよ我慢できなくなった私は、大きく足を広げて腰をくねらせた。

「やぁ、苦しい……動いて。いっぱい、気持ちよくして」

身をよじりながら、みっともなくねだる。

ナオさんは無言でうなずいたあと、私の顔の横に手をついて身体を支え、ゆっくりと腰を引いた。

反射的に「もっと速く」と言いそうになったところで、彼は一息に楔を突き入れてくる。気を抜いていた隙に最奥を強く打たれ、一瞬、呼吸が途切れた。

「ひぅっ……!!」

そこから間を置かず、激しい抽送が始まる。ナオさんは今までのもどかしさを吹き飛ばすように、大きく身を引いては腰を叩きつけてきた。

抜き挿しのたびに中の潤みが掻き出され、淫らな音が室内に響く。それに、ベッドのスプリングの軋み、肌がぶつかり合う音、乱れるドレスが立てる衣擦れ、二人の吐息と喘ぎが混ざり合う。

苦しいくらいの快感に晒された私は、ナオさんのシャツに爪を立てて、ガクガクと震え続けた。

「はあぁ、ナオ、さ……あ、気持ちい……気持ちいいっ」

きつく目を瞑り、すすり泣きながら自分の状態を口に出す。

ナオさんは時折、腰を回すようにして、私の中を穿ち続けた。

絶え間ない快楽で身体が限界に近づく。壊れそうなほど内側を擦り立てられているというのに、痛みや痺れはなくなり、ひたすら甘い感覚が噴き上がった。

「あー、だめぇっ！　も、だめ、あ、あぁっ！」

ぐんと仰け反って首を左右に振り、イキそうだと喚く。

更に抽送を速めたナオさんは、律動を続けながら私の腕をもぎ離し、自分の手を重ねて痛いくらいに強く握り締めた。

「琴子……！」

彼は苦しげに私の名を呼んで、口づけてくる。唇が触れ合った瞬間、張り詰めた感覚が一気に弾けて、秘部から淫水が飛び散った。

「んっ！　うっ、ん――……っ!!」

全身の筋肉がこわばり、内側のナオさんを締め上げる。

同時に達したらしい彼のものが、お腹の奥でビクビクと震えて、今まで感じたことのない熱が広がった。

……あ、中、凄い……ジンジンして……。

深く繋がった下腹部が激しくうねり、彼が放った熱を呑み込んでいく。

「琴子」

いつの間にか唇を離していたナオさんが、かすれた声で私を呼ぶ。私も同じように彼の名を呼び返した。

「ナオさん……好き、です……」

もしかしたら、今すぐ子供ができるのは、ナオさんの立場上ちょっと困るのかもしれない。でも、彼と直に愛し合えたことが嬉しくて、私は朦朧としながら微笑んだ。

互いの想いをぶつけ合うように身体を重ねた私とナオさんは、そのあとに入ったバスルームでもう一度抱き合った。そこでのぼせる直前まで苛まれ、ベッドへ戻ってから更に一度。

立て続けに何度も達して疲れきった私は、裸のまま横になり、ナオさんの傍らでぼんやりとしていた。

激しい快楽を注がれ、酷使させられ続けた下半身は、腰が抜けたみたいに震えて、まったく力が入らない。

エッチなことをしぶるナオさんに、無理やり迫ったのは私だけど、さすがにやりすぎたと言わざるを得なかった。

ナオさんは私の髪を優しく梳きながら、難しい顔をして何かを考え込んでいる。

私が想像以上にいやらしかったと気づいていて、幻滅されていたらどうしよう……と、不安になってきた。

「……ナオさん？」

恐る恐るナオさんの顔を覗き込むと、彼は今更、私の存在を思い出したように眉を跳ね上げた。

「ん。どうした？」

「あ、いえ。何か悩んでいるみたいだったから……ちょっと気になっただけで」

小さく首を横に振って、たいしたことじゃないと説明する。

ナオさんは私から手を放して、自分の顎を撫でた。

「ああ、これからの住まいをどうするべきか考えていた」

「住まいって、今のところを出たあとのことですか？」

この前、私にプロポーズをしてくれた時、ナオさんは今の部屋を「長く住むには狭すぎるから引き払う」と言っていた。

私の問いかけに、彼はゆっくりとうなずく。

「そうだ。郷良の跡取りとしては、本宅に戻るのが筋なのだろうが、あそこは人の出入りが多すぎて落ち着かない。日呂は出ていかせるとしても、親父がいるしな。お前との生活を乱されるのは困る」

「私は平気ですよ？」

日呂さんの近くにいくのはまだ怖いけど、ナオさんのお父さんは、彼の血を分けた家族だ。郷良家が一般的な家庭とは違うとしても、きっと親子として仲良くなれるはず。

私が自信を持ってうなずくと、ナオさんは不愉快そうに顔をしかめた。

「俺がいやなんだよ。なぜ、親父とお前が一緒にいるところを見なければいけない？　前から思っていたが、琴子は誰に対しても愛想を振り撒きすぎだ。バーの客や大鹿にまで、いい顔をして――」

次々と出てくる彼の不満に唖然とする。

……もしかして、ナオさんって……実は、ものすごーくヤキモチ焼き？

時折、大鹿さんがナオさんのことを「素直じゃない」と言ってからかっていたけど、あれは彼の嫉妬深いところを見抜いていたからなの？

ナオさんは驚く私に構わず延々と文句を続け、最後に「とにかく、お前は俺の傍にいろ」と命令してきた。

横暴でメチャクチャなことを言われているのに、なんだか可愛らしく思えてしまう。

「……はい」

小さく苦笑いしながらうなずくと、彼は取り繕うように自分の髪を掻き上げ、ふうっと息を吐いた。

「――実はな、琴子の婆さんがいる介護施設の近くに、今は使っていない親父の別宅があるんだ。古いところだが、そこを譲り受けてリフォームしようかとも考えている」

「え？」

「介護施設まで歩いていけるから、今より頻繁に会えるし、きちんとリフォームをすれば、婆さんの外泊も可能だろう。琴子の負担にならないなら、そこで同居をしてもいい。この先、俺たちの子供が産まれたあとも、ひ孫の成長を見せてやれるしな。もちろん、お前がよければだが」

ナオさんが語る夢のような提案に、カタカタと身体が震えだす。

嘘、でしょ？　こんなに幸せなことがあっていいの？

愛する人の傍で、子供を産んで、大切なおばあちゃんとまた一緒に暮らせるなんて……！

見つめた先のナオさんの姿が、水面に反射したように歪んでいく。瞼に収まりきらなくなった涙がこぼれ落ちるのと同時に、彼が焦りの声を上げた。

「おい。なぜ泣くんだ⁉」

「だって、だって……っ！」

感極まった私は、何も説明できずにただ頭を振り続ける。涙が堰を切ったように流れ出し、止まらなくなった。

まだちょっと震えている腕を伸ばして、ナオさんに縋りつく。濡れた頰を彼の肩に押しつけ「大好き」と「愛してる」を心の中で繰り返した。

きっとナオさんは混乱しているはず。だけど、私が突然泣きだした理由と、感謝の言葉はもう少しだけ待ってほしい。

今はただ、あなたの愛情を感じていたいから——。

あとがき

初めまして。または、お久しぶりです。

このたびは拙作『愛のいいなり　孤独な御曹司と淫靡な遊戯』をお手に取ってくださり、ありがとうございます！　ブラックオパールレーベルということで（自分的にガンガンいこうぜ！　といいますか　笑）これでもかと内容を濃くしてみましたがいかがでしたでしょうか？　少しでも楽しんでいただけましたら作者として幸いです。

遅筆すぎる私に次回作を書かせてくださいました担当者様、編集部様には、ひたすら感謝しております。体調不良もあり、いつも以上にご迷惑をおかけいたしました。この場にて謝罪と御礼を申し上げます。

またイラストを担当してくださいました駒城ミチヲ先生、本当にありがとうございます！

ちょっと変わったシーンが多いものでお手間をおかけしたと思うのですが、素敵すぎるイラストの数々に感動しました。とにかく眼福！　何度も見返してニヤついております！

最後になりましたが、オパール文庫三作目をお届けできましたのも、ひとえに応援してくださる皆様のおかげです。またいつかどこかで、お目にかかれることを願いつつ……。

ありがとうございました!!

家庭的なことが超苦手なナオさんが
琴子ちゃんとの新婚生活で超家庭的になっていくのを思い浮かべながら。
ナオさんの優しさに涙する琴子ちゃんと焦ってるナオさん、
ほっこりできて、とても可愛かったです。すてき。末永くお幸せに。

佐々先生、担当さま、大変お世話になりました。
読者のみなさまには、イラストでも楽しんでいただけましたら嬉しく思います。
ありがとうございました！

michino U.

Illustration Gallery

愛(あい)のいいなり

オパール文庫ブラックオパールをお買い上げいただき、
ありがとうございます。この作品を読んでのご意見･ご感想を
お待ちしております。

ファンレターの宛先
〒102-0072　東京都千代田区飯田橋3-3-1
プランタン出版　オパール文庫編集部気付
佐々千尋先生係／駒城ミチヲ先生係

オパール文庫＆ティアラ文庫Webサイト『L'ecrin(レクラン)』
http://www.l-ecrin.jp/

著　者――**佐々千尋**(ささ ちひろ)
挿　絵――**駒城ミチヲ**(こましろ みちを)
発　行――**プランタン出版**
発　売――**フランス書院**
〒102-0072　東京都千代田区飯田橋3-3-1
電話(営業)03-5226-5744
　　(編集)03-5226-5742
印　刷――誠宏印刷
製　本――若林製本工場

ISBN978-4-8296-8339-2 C0193

眼鏡上司にとことん調教されました。
愛され
アラサー女子は
夜に啼く
佐々千尋
Chihiro Sasa
Illustration なま
恥ずかしくていやらしいことは、
この上なく気持ちいいんですよ
手首を縛られ、巧みなテクで愛撫。
恥ずかしいのに、この快感の呪縛からは逃げられない！
眼鏡上司に教え込まれる刺激的な官能ラブ。